楊照談
宮本輝

最親近的陌生人

楊照
著

日本文學名家十講
09

目次

第三章　庶民奮力與沉淪——讀〈泥河〉、〈道頓崛川〉

總序
用文學探究「日本是什麼」

文／楊照

就像吉朋（Edward Gibbon）在羅馬古蹟廢墟間，黃昏時刻聽到附近修道院傳來的晚禱聲，而起心動念要寫《羅馬帝國衰亡史》，我也是在一個清楚記得的時刻，有了寫這樣一套解讀日本現代經典小說作家作品的想法。

時間是二〇一七年的春天，地點是京都清涼寺雨聲淅瀝的庭園裡。不過會坐在庭園廊下百感交集，前面有一段稍微曲折的過程。

那是在我長期主持節目的「台中古典音樂台」邀約下，我帶了一群台中的朋友去京都賞櫻。按照我排的行程，這一天去嵐山和嵯峨野，從天龍寺開始，然後一路到竹林道、大河內山莊、野宮神社、常寂光寺、二尊院，最後走到清涼寺。然而從出門我就心情緊繃，因為天公不作美，下起雨來，氣溫陡降，而且有幾個團員前天晚上逛街走了很多路，明顯腳力不濟。我平常習慣自己在京都遊逛，合理的做法應該是改變行程，例如改去有很多塔頭的妙心寺或東福寺，可以不必一直撐傘走路，密集拜訪多個不同院落，中午還可以在寺裡吃精進料理，舒舒服服坐著看雨、聽雨。但配合我、協助我的領隊林桑告訴我帶團沒有這種隨機調整空間，我們給團員的行程表等於是合約，沒有照行程走就是違約，即使當場所有的團員都同意更改，也無法確保回台灣後不會有人去觀光局投訴，那麼林桑他們旅行社可就吃不完兜著走了。

好吧，只好在天候條件最差的情況下走這一天大部分都在戶外的行程。下午到常寂光寺時，我知道有一、兩位團員其實體力接近極限，只是盡量優雅地保持正常的外表。這不是我心目中應該要提供心靈豐富美好經驗的旅遊，使我心情沮喪。更糟的是再往下走，到了門口才知道二尊院因為有重要法事，這一天臨時不對遊客開放。在當時的情況下，這意味著本來可以稍微躲雨休息的機會被取消了，別無辦法，大家只好拖著又冷又疲累的身子繼續走向清涼寺。

清涼寺不是觀光重點，我們去到時更是完全沒有其他訪客。也許是驚訝於這種天氣還有人來到寺裡拜觀吧？連住持都出來招呼我們。我們脫下了鞋走上木頭階梯，幾乎每個人都留下了溼答答的腳印，因為連鞋子裡的襪子也不可能是乾的。住持趕緊要人找來了好多毛巾，讓我們入寺之前可以先踩踏將腳弄乾。過程中，住持知道我們遠從台灣來，明顯地更意外且感動了。

入寺內在蒲團上坐下來後，住持原本要為我們介紹，但我擔心在沒有暖氣仍然極度陰寒的空間裡，住持說一句領隊還要翻譯一句，不管住持講多久都必須耗費近乎加倍的時間，對大家反而是折磨。我只好很失禮地請領隊跟住持說，由我用中文來對團員介紹即可。住持很寬容地接受了，但接著他就很好奇我這位領隊口中的「せんせい」會對他的寺廟做出什麼樣的「修學說明」。

我對團員簡介清涼寺時，住持就在旁邊，央求領隊將我說的內容大致翻譯給他聽，說老實話，壓力很大啊！我盡量保持一貫的方式，先說文殊菩薩仁慈賜予「清涼石」的故事，解釋「清涼寺」寺名由來，接著提及五台山清涼寺相傳是清朝順治皇帝出家的地方，是金庸小說《鹿鼎記》中的重要場景，再聯繫到《源氏物語》中光源氏的「嵯峨野御堂」就在今天清涼寺之處。然後告訴大家這是一座淨土宗寺院，所以本堂的布置明顯和臨濟禪宗寺院很不一樣，而這座寺廟最難能寶貴的是有著絹絲材質製造、象徵內臟的木雕佛像，相傳是從中國浮海而來的。著名的佛教藝術史學者塚本善隆晚年在此出家。最後我順口說了，寺院只有本堂開放參觀，很遺憾我多次到此造訪，從來不曾看過裡面的庭園。

說完了，讓團員自行拜觀，住持前來向我再三道謝，竟然對於清涼寺了解得如此準確；接著轉而向我再三致歉，我一時不知道他如此懇切道歉的原因，靠領隊居中協助，才弄清楚了，住持的意思是讓我抱持多年的遺憾，他今天一定要予以補償，所以找了人要為我們打開往庭園的內門，並且準備拖鞋，破例讓我們參觀庭園。

於是，我看著原未預期能看到的素雅庭園，知道了如此細密修整的地方從來沒打算要對外客開放，那樣的景致突然透出了一份神祕的精神特質。這美不是為了讓人觀賞的，不是提供人享受的手段，其自身就是目的，寺裡的人多少年來，幾十年甚至幾百年，日復一日毫不懈怠地打掃、修剪、維護，他們服務的不是前來觀賞庭園的人，而是庭園之美自身，以及人和美之間的一種敬謹的關係。那一絲不苟的敬意既是修行，同時又構成了另一種心靈之美。

坐在被微雨水氣籠罩的廊下，心裡有一種不真實感。為什麼我這樣一個台灣人，能在日本受到尊重，取得特權進入凝視、感受著這座庭園？為什麼我真的可以感覺到庭園裡的形與色，動中之靜、靜中之動，直接觸動我，對我說話？我如何走到這一步，成為這個奇特經驗的感受主體？

在那當下，我想起了最早教我認識日語、閱讀日文，卻自己一輩子沒有到過日本的父親。我想起了三十年前在美國遇到的岩崎春子教授，彷佛又看到了她那經常閃現不信任、懷疑的眼神，在我身上掃出複雜的反應。

我在哈佛大學上岩崎老師的高級日文閱讀課，是她遇到的第一個台灣研究生。我跟她的互動既親近又緊張。親近是因她很早就對我另眼看待，課堂上她最早給我們的教材都立即被我看出來處。一段來自村上春樹的《聽風的歌》，另一段來自海明威《在我們的時代》小說集的日文翻譯。她要我們將教材翻譯成英文，我帶點惡作劇意味地將海明威的原文抄了上去。她有點惱怒地在課堂上點名問我，剛發下來的幾段還有我能辨別出處的嗎？不巧，一段是川端康成的掌上小說，另一段是吉行淳之介的極短篇，又被我認出來了。

從此之後岩崎老師當然就認得我了，不時和我在教室走廊或大樓的咖啡廳說說聊聊。她很意外一個從台灣來的學生讀過那麼多日文小說，但另一方面，她又總不免表現出一種不可置信的態度，認為以我一個台灣人的身分，就算讀了，也不可能真正理解這些日本小說。

每次和岩崎老師談話我都會不自主地緊繃著。沒辦法，對於必須在她面前費力地證明自己，就是令我備感壓力。她明知道我來修這門課，是為了不要耗費時間在低年級日語的聽說練習上，我的日語會話能力和我的日文閱讀能力有很大的落差，但她還是不時會嘲笑我的日語，特別喜歡說：「你講的是台灣話而不是日語吧！」因此我會盡量避免在她面前說太多日語，但又堅持用英語與她討論許多日本現代作家與作品。

她不是故意的，但是一個台灣學生在她面前侃侃而談日本文學，往往還是讓她無法接受。愈是感覺到她的這種態度，我就愈是覺得自己不能放鬆、不能輸，這不是我自己的事了，對她來說，我就代表台灣，我必須替台灣爭一口氣，改變她認為台灣人不可能進入幽微深邃日本文學心靈世界的看法。

那一年間，我們談了很多。每次談話都像是變相的考試或競賽。她會刻意提一位知名的作家，我相對提出我讀過的這位作家作品，然後她像是教學般解說這部作品，我卻刻意地鑽找縫隙，非得說出和她不同，卻要能說服她接受的意見。

這麼多年後回想起來，都還是覺得好累，在寒風裡從記憶中引發了汗意。不過我明白了，是那一年的經驗，在日本殖民史的曲折延長線上，我得以培養了這樣接近日本文化的能力。我不想浪費殖民歷史在我父親身上留下，再傳給我的日文能力，更重要的，我拒絕因為台灣人的身分，而被視為在日本文化吸收體會上，必然是次等的、膚淺的。

於是那一刻，我得到了這樣的念頭，要透過小說作家及作品，來探究日本，如此之美，卻又蘊含如此暴烈力量，同時還曾發動侵略戰爭的複雜國度。這不是一個單純的「外國」，而是盤旋在台灣歷史上空超過百年，幽靈般的存在，一直到今天，台灣都還依照看待日本的不同態度而劃分著不同的族群、世代與政治立場。

在清涼寺中，彷彿聽到自己內心的如此召喚：「來吧，來將那一行行的文字，一個個角色，一幕幕情節，一段段靈光閃耀的體認，整理出意義來吧。不見得能得到『日本是什麼』的答案，但至少得以整理出叩問『日本如何進入台灣集體意識』的途徑吧。」我知道，毋寧是我相信，我曾經付出的工夫，讓我有一點能力可以承擔這樣的任務。

回到台北之後，我從兩個方向有系統地以行動呼應內在的召喚。一是和麥田出版合作，選書主編了「幡」書系，那是帶著清楚的日本近代文學史概念，針對台灣引介日本文學作品的混亂偏食狀況，特別找出具備有日本近代文學史上的思想、理論代表性的作品，希望讓讀者在閱讀中藉此逐漸鋪畫出日本文學的歷史地圖。

另外，先後在「誠品講堂」和「藝集講堂」連續開設解讀現代日本小說作品的課程。必須誠實地說，我對台灣一般流通的現代日本小說譯本，以及大部分國人所寫的解說，不得不抱持保留態度。最嚴重的問題顯現在：第一，完全不顧作品的時代、社會背景，將小說架空地用自己主觀的心情來閱讀。最誇張的，例如翻譯、解說遠藤周作小說，可以對基督教神學完全無知，也不去查對《聖經》和天主教會固定譯名，而出於自己望文生義臆測。這樣一來，讀者讀到的怎麼可能還是虔信中與信仰掙扎的遠藤周作作品呢？

第二，翻譯者、解說者無法察覺自己的知識或感性敏銳度，和原作者到底有多大的差異。這在川端康成的作品中表現得最明顯，光從字面上去翻譯、閱讀，不能找到方式試圖進入從極度纖細神經中傳遞出來的時序與情懷交錯境界，那就錯失了川端康成文學能帶給我們的最重要感動了。

第三，讀者囿於一些通俗的標籤，產生了想當然耳，而非認真細究的閱讀印象。例如台灣有一陣子突然流行太宰治的「失格」、「無賴」文學；一陣子又轉而流行谷崎潤一郎的「奇情」文學，但對於「無賴」或「奇情」到底是什麼意思沒有認識，對於太宰治與谷崎潤一郎的完整文學風貌也沒有進一步的興趣。如此讀來讀去，都只停留在感受「無賴」或「奇情」而已，無從讓太宰治或谷崎潤一郎的作品豐富讀者自身的人生感知。

在「誠品講堂」與「藝集講堂」的課程中，我有意識地採取了一種思想史的方式來面對這些作家與作品。簡而言之，我將每一本經典小說都看作是這位多思多感的作家，在自己所處的時代中遭遇了問題或困惑，因而提出來的答案。我一方面將這本小說放回他一生前後的處境來比對，另一方面提供當時日本社會、時代脈絡來進一步探詢那原始的問題或困惑。如此我們不只看到、知道了作者寫了什麼、表現了什麼，還可以從他為什麼寫以及如何表現的人生、社會、文學抉擇，受到更深刻的刺激與啟發。

另外我極度看重小說寫作上的原創性，必定要找出一位經典作家獨特的聲音與風格。要綜觀作家大部分的主要作品，整理排列其變化軌跡，才能找出那條貫串的主體關懷，將各部小說視為這主體關懷或終極關懷的某種探測、某種注解。

在解讀中，我還盡量維持作品的中心地位，意思是小心避免喧賓奪主，以堆積許多外圍材料、高深的說法為滿足。解讀必須始終依附於作品存在，作品是第一序、首要的，目的是藉由解讀，讓讀者對更多作品產生好奇，並取得閱讀吸收的信心，從而在小說裡得到更廣遠或更深湛的收穫。

我企圖呈現從日本近代小說成形到當今的變化發展，考慮自己進行思想史式探究可能面臨的障礙，最後選擇了十位生平、創作能夠涵蓋這時期，而且我還有把握自己能進入他們感官、心靈世界的重要作家，組構起相對完整的日本現代小說系列課程。

這十位小說家，依照時代先後分別是：夏目漱石、谷崎潤一郎、芥川龍之介、川端康成、太宰治、三島由紀夫、遠藤周作、大江健三郎、宮本輝和村上春樹。

這套書就是以這組課程授課內容整理而成的，每位作者我有把握能解讀的作品多寡不一，因而成書的篇幅也相應會有頗大的差距。川端康成和村上春樹兩本篇幅最大，其次是三島由紀夫，當然這也清楚反映了我自己文學品味上的偏倚所在。

雖然每本書有一位主題作家，但論及時代與社會背景，乃至作家間互動關係，難免有些內容在各書間必須重複出現，還請通讀全套解讀的讀者包涵。另外因為源自課堂講授，有些延伸的討論或戲說，我還是保留在書裡，乍看下似乎無關主旨，然而在認識日本精神的總目標上，或是對比台灣今天的文學現象，應該還是有其一定的參考價值。

從十五歲因閱讀《山之音》而有了認真學習日文、深入日本文學的動機開始，超過四十年時間浸淫其間，得此十冊套書，藉以作為台灣從殖民到後殖民，甚至是超越殖民而多元建構自身文化的一段歷史見證。

前言
寫實大家的終極關懷

文／楊照

我在台北晴光市場長大，小時候念的是中山國小，從學校沿著民權東路往東走，大約一公里的距離外，就是當時一般稱為「恩主公廟」的行天宮。不過唸小學時，我沒有印象自己去過「恩主公廟」，每次提起這件事，班上的同學都覺得很奇怪，怎麼可能從來沒跟大人一起去拜拜或收驚呢？

要到很後來，我對台灣的歷史有了足夠認識，我才明瞭最主要的原因是我母親出生於日治時代末期花蓮的「皇民家庭」，她的成長經驗和台灣民俗很疏離，她對道教信仰中的各種儀式，過年過節該有的殺雞殺豬拜拜什麼的，都很陌生；又從花蓮搬遷到台北生活，並不熟悉「恩主公廟」在老台北人心中的重要性，更不會特意帶我們去了。

然而其實我不是真的沒去過。在家裡的相簿中，我找到了一張相片，大概三、四歲時吧，我和大我兩歲的三姊明明就站在「恩主公廟」前留影。只是帶我們去，蹲在我們身邊的，不是母親，而是即使在黑白老照片裡都還顯現了豔麗顏容，戴著時髦太陽眼鏡的Lisa阿姨。

我只對這位阿姨留下了很淡很淡依稀的印象，但卻清楚記得向母親探問Lisa時母親的反應。首先，Lisa就是Lisa，沒有照理說應該要有的其他國語或台語名字；其次，很顯然她曾經和年輕時的母親很親近，也很喜歡小孩，忙碌於服裝店工作的母親可以很放心地將小孩交給她，帶著到處去到處走。然而，後來Lisa阿姨從我們的生活中消失了，母親也無從再找到她聯絡她，因為她是「那種做生意的女人」。

我知道了。她是當時雙城街上常見的，更常在我們家服裝店進出的「吧女」，難怪照片裡她留著黑黑濃濃的長髮，穿著大喇叭褲，看起來和「恩主公廟」的背景那麼格格不入。突然之間，一種氣味從記憶中衝了上來，粉味、菸味加上薄荷口香糖的氣味，小時候店裡隨時都是瀰漫著這種氣味。

同時也記得了，母親和這些走在路上經常會引來青白眼的「吧女」一向都很友善、很自在，相對地她卻曾經將一位那年代當紅的節目主持人，慕名要來訂做衣服的，毫不留情地從店裡趕了出去。母親既自豪又不勝感慨地說：「那些被人家看不起的，她們反而比較阿莎力，又比較軟心啊！」

我在她們的阿莎力與軟心中長大，那種經常被遺忘、更常被誤解的社會底層性質曾經如此真切地包圍著我的生活。往後那麼多年，我不只從來不曾以自己在酒吧街、特種行業環境中長大為恥，反而視之為某種光榮印記，那樣的市井、那樣的社會體驗，讓我能夠擺脫現實勢利態度，辨識只存在於底層人間互動中，必然帶著些悲哀，卻再真摯不過的溫暖。

第一次接觸到宮本輝的作品，我就立即辨識出那熟悉的悲哀與溫暖。我最早讀的，是放在遠流出版「電影小說」書系裡，改了流行浪漫書名的《河的星塵往事》。平常讀這種被改編為影視劇的小說，我都會特別警覺，不由自主地思索：小說是不是有什麼其實不適合改編、甚至根本不可能在銀幕或螢幕上呈現的內容；或小說是否寫了很表面的情感，因而刺激了改編的動機？

然而收錄宮本輝「河川三部曲」——「泥河」、「螢川」、「道頓堀川」——的這本書，卻讓我在閱讀中徹底入戲，根本無暇去想什麼改編不改編的事。一口氣讀完了，回過神來，我知道自己讀到了什麼：我讀到了將我帶回在晴光市場長大的底層庶民情感的小說；或換相反方向看，將那些我年少懵懵懂懂無法深入他們人生故事的角色，藉由小說送了回來。

讀到《河的星塵往事》時，我已經形成了對日本的一些固定看法、意見。我走過了日本的主要城市，配合在文學與歷史上的閱讀、思考，深深迷上了京都，在東京尋找過往江戶的痕跡，對神戶的異人色彩心領神會，還有，對於大阪有了強烈不喜歡。然而宮本輝給了我一個完全不同的大阪圖像，儘管不見得會刺激我想去大阪，卻使我覺得和這座城市的一段過往時光，道頓堀充滿底層生命掙扎的那一段，有著密切的感情連結。

因為這樣的過程，「河川三部曲」中，我偏愛〈泥河〉和〈道頓堀川〉，清楚反映在這本書的寫作上。另外，也因為體認並尊重宮本輝文學中一種抗拒分析的特性，我刻意採用了和解讀其他日本文學名家很不一樣的筆法。長期以來，不論是講課或寫書，在面對文學作品時，我會原則性地避免放入太多簡介或摘要，也盡量不講小說的情節故事。我總認為一來那太簡單了，不需要任何專業努力就能做，有偷懶灌水之嫌；二來讀者應該自己去讀作品，不該由解讀者越俎代庖。不過大家會在這本書裡發現，我違背了自己的這項原則，對於宮本輝的〈泥河〉、〈道頓堀川〉、《錦繡》和《流轉之海》都做了大量的轉述與引用。

因為我必須承認並面對：能說動人的感情故事，能夠用文字的連綴來探入角色的性格與經驗，是宮本輝的最大本事，也是他的小說最精華之處，我沒有辦法、也不應該避開這點，不能體會、領略這項特色，也就不能算是真正進入宮本輝營塑的小說世界了。

當然這並不表示宮本輝的小說不能分析或不值得分析。我在書中另外安排了以《月光之東》這部作品當成分析對象，假設大家都能自在地讀完這本小說，有了印象也有了感受，再來做進一步的申說。

關於宮本輝如何堅持他的寫實描述而還能別出心裁，如何在小說中形成情節以外、人物以上的終極關懷，又如何將作品帶離通俗層次，營造出既迷魅又帶有哲學性的氣氛，乃至於他對於日本社會與日本歷史的價值判斷，我就都放在對於《月光之東》的分析中來展開討論。

希望藉由這樣的方式，從感性表面與理性內在，能夠雙管齊下為大家展露一個更深刻更完整的寫實大家宮本輝。

第一章
日本戰後文學的世代更迭

宮本輝與新世代小說的崛起

宮本輝出生於一九四七年，比遠藤周作小了二十四歲，比大江健三郎小十二歲。在他們之間更大的差異，是戰爭經驗與記憶，宮本輝在戰爭結束後兩年才出生，當然完全沒有戰爭的經驗或記憶。

在遠藤周作那一代人心中，昭和史的開啟，軍國主義大盛到發動戰爭，到戰爭帶來的悲慘敗戰情勢，永遠無法忘懷，也不可能從他們的作品中消失、被排除出去。一直留在遠藤周作生命與作品中的，是他到了二十三歲竟然沒有進入軍隊實際上戰場，然而沒有戰爭現實體驗也成了他生命的一條主旋律，沒有在死亡率最高的終戰階段上戰場，倖存留下命來，成為他日後所有經驗、體會的共同背景。

從《海與毒藥》貫串到《沉默》，即使處理的是不同時代的故事，戰爭責任與罪咎感都徘徊其間，清楚顯現。和大江健三郎一樣，他必須面對日本人在戰後快速翻轉效忠對象的集體文化、心理現象，以小說來記錄、探討。

依照通行的日本文學史斷代分期，戰爭結束兩年後出生的宮本輝，和戰爭結束四年後，一九四九年出生的村上春樹，屬於「戰後第五代」作家。他們崛起的關鍵年份是一九七九年，那一年，村上春樹以《聽風的歌》贏得「群像新人獎」在文壇出道，並立即被視為「新世代文學旗手」。這個頭銜甚至跟著村上春樹二十年，他從三十歲的青年變成了五十歲的中年，提到他還是有人會理所當然稱他「新世代文學旗手」。

這一方面反映了村上春樹小說的特質——他的小說主角一直停留在二十到三十多歲的年

齡層，《海邊的卡夫卡》裡甚至更降為十五歲的少年，他所追求的主題中總是帶著強烈的少年情懷。另一方面也可以看到他出道時帶來的世代劃分效果如此明顯、強烈。

宮本輝的出道成名作，是一九七七年發表的〈泥河〉，後來和一九七八年的〈螢川〉、一九八一年的〈道頓堀川〉合為他的「河川三部曲」。和村上春樹同步發展，標示了新世代小說作家在日本文壇昂然出現。

石原慎太郎的《太陽的季節》

比村上春樹、宮本輝早一輩的第四代作家，成就最高、名號最響亮的是後來得到諾貝爾文學獎的大江健三郎。不過大江健三郎卻不是第四代最受歡迎的作家，他的文學風格，包括他帶有高度法文翻譯腔的文字，對於一般日本讀者形成了相當的門檻、障礙。和大江健三郎同代另有耀眼的明星——寫《太陽的季節》的石原慎太郎。

在宮本輝的大河小說《流轉之海》系列的第四部《天河夜曲》中有這麼一段描述：

已經進入梅雨季節，但雨下得很少，還不必用扇子搧風，也沒熱得必須穿短袖襯衫才能消暑，卻有穿著華麗的夏威夷襯衫，戴著墨鏡的四名年輕人走進了咖啡廳。

磯邊湊近熊吾的耳畔說：

「他們就是『太陽族』。」

「噢，迷上小說《太陽的季節》的年輕人，都是那種打扮嗎？」

「阪神後街都在賣這種夏威夷襯衫哩。」

「很好啊。追求流行原本就是年輕人的本性，我們年輕的時候，也是趕過流行，現在想起來，當時的打扮還真是怪哩。比如怎麼繫皮帶啦，穿褲裙啦，腰部要配帶什麼花紋的手巾等等……這就是和平的象徵。他們若是在戰前期間用那種打扮，早就被當成賣國賊了！」

《太陽的季節》在一九五六年出版，石原慎太郎才二十四歲，這本書得到了純文學界的「芥川獎」肯定，卻又在書市銷售上引爆風潮，成了大暢銷書，比當年得到「直木獎」的大眾文學作品賣得更好。更進一步形成了世代流行現象，出現宮本輝所描述的「太陽族」青年。

小說中熊吾將「太陽族」視為是「和平的象徵」，指向戰後日本的特殊變化因素。引爆流行現象，不單純是石原慎太郎的小說寫得精采，還需要有大環境條件的鋪墊、配合。《太陽的季節》出版的前一年，好萊塢推出了詹姆斯．狄恩（James Dean）主演的電影*Rebel without a Cause*不只在美國極度賣座，也風靡流行到日本、台灣等地。

這部電影有一個很奇怪的中文片名，叫《養子不教誰之過》，很明顯和英文片名根本在意思上完全相反。美國電影刻畫的，是一個莫名的反叛者，對既有的規矩都感到無法接受，抗議這樣的集體秩序對人的約束。那樣的主題與主角的性格受到流行的法國存在主義很深的影響，然而進到保守的台灣社會，在片名上被翻轉成為錯誤示範了，反而是強調應該要有更緊更強力的教養紀律。

詹姆斯．狄恩不只是演活了那樣一位憤怒叛逆青年，而且在拍完電影沒多久之後，他竟然就死於賽車意外中，更使得他成了傳奇。等於是他以自己極度年輕才二十幾歲的生命完成了戲裡戲外的雙重叛逆代表形象，激發了當時年輕人要求擺脫拘束的強烈動機。

石原慎太郎順著這樣的風潮寫了日本版的*Rebel without a Cause*，《太陽的季節》讓人留下最深刻印象的，也就是這些日本青年純粹出於反抗大人陳規而過的充滿惡作劇與破壞性的生活，在其中釋放了高度的欲望能量。

而且石原慎太郎還有一個在影藝界走紅的弟弟石原裕次郎，參與演出了電影版的《太陽的季節》，連繫在一起更加強了這部小說和這位作者的話題性。

不過比較年輕一點的人，大概都不知道石原裕次郎了，因為他在一九八七年就去世了，只活了五十三歲；比較年輕一點的人，也不會知道石原慎太郎曾經是作家，只知道曾經擔任東京都知事長達十三年的政治人物也叫石原慎太郎。石原慎太郎因小說和電影走紅後，很快就步入政壇，歷任參議員、眾議員、內閣部長，最後選上了東京都知事到達政治影響力的最高峰。

同屬第四代的大江健三郎和石原慎太郎，張開了文學的左右光譜。大江健三郎強調侵華戰爭的罪惡感，出於對中國的深刻愧疚而長期支持包括莫言在內的中國現代作家，並對於日本必須走上「民主主義」新道路決不退讓；石原慎太郎卻是少數最早大剌剌去參拜「靖國神社」，反對一直討論戰爭責任，主張日本恢復強大國力的日本政治人物。

松本清張的社會派推理

再往上的第三代，包括了遠藤周作和吉行淳之介。這兩位作家在中文世界裡沒有那麼高的知名度，也沒有那麼多讀者。其中一部分原因，是他們屬於那個時代日本純文學領域的佼佼者，然而同時代文學界真正的活力，卻毋寧是在大眾文學或「中間文學」那邊。

他們相對不幸地和松本清張、司馬遼太郎同時期。美軍占領結束，「五五體制」形成，日本社會從戰後的荒蕪中解脫出來，爆發了復甦的活力。大眾渴求新的讀物，而松本清張和司馬遼太郎以作品各自對應了時代議題，因而得以各領風騷。

這兩位作家都帶有高度的現實感與歷史感，雖然大量寫作，雖然作品吸引了眾多讀者，但他們寫的，絕非淺薄娛樂性的作品，和一般「大眾文學」有很大的差別，因而特別被稱為

「中間文學」，也就是具備了相當的嚴肅深度，能夠吸引對於文學有較高要求、原本嗜讀純文學作品的讀者。

松本清張改造了「探偵小說」、「推理小說」，在其中加入了高度的社會性，將犯罪的動機看得和犯罪的手法與掩藏同等重要。於是探案過程中不能只是找出誰是凶手，用了什麼手法犯罪又如何試圖逃過罪責，而必須要同時弄清楚犯罪的動機，以及從犯罪到逃避被發現的心理過程。而且松本清張會刻意呈現犯罪動機的社會性，於是小說中描寫的就不再是犯人與偵探鬥智的個案遊戲，而是社會問題的極端表現，無法一直被壓抑的不公平、不正義以犯罪行為的方式爆發出來。

松本清張之前，日本推理小說的主流是「本格派」。本格推理的風格，類似英國阿嘉莎．克莉絲蒂的《東方快車謀殺案》那樣的作品。精巧設計的全然密室，凶手必定、只能在那班火車上，純屬巧合讓神探也登上了那班火車，於是抽絲剝繭，最後揭露出任何讀者都猜不到、想不到的犯罪殺人方式。小說內，那是神探和凶手的鬥智；小說外，同時有作者和讀者的鬥智。

這樣的作品所有的價值都在解謎。我年輕時候聽過最殘酷的玩笑，是兩個人一起去看偵探電影，那個時代開演前要先起立聽國歌，就在國歌結束要坐下來的瞬間，其中一個人在另一個人耳邊快速、簡短地說：「是他太太殺的。」啊，真可惡，如此快速、直接地就破壞了看電影的樂趣，甚至是看電影的意義，不只是讓那張電影票瞬間失去價值，而且讓人坐立難安，不知道該如何繼續看下去，到底要還不要繼續看下去。

那是解謎「本格派」的限制，一旦知道答案就失去了所有懸疑、猜測能帶來的樂趣。然而像是從松本清張原著改編的《砂之器》，卻是一部可以反覆觀看，反覆得到感動的電影。明明已經知道凶手是誰，也知道最後是如何破案緝凶的，但觀眾還是會願意再看，因為可以從其中得到不一樣的感動，感動於凶手的遭遇，刺激他殺人的情境，更感動於警察挖掘出的非常環境中非常人情。

從戰爭到戰後美軍占領時期，正常的生活肌理被撕毀了，人在混亂中做出了許多平常不會做、也不見容於平常倫理規範的事；而混亂終究要結束，終究要重建新的正常生活，於是「非常」的過去就成了許多人最難以面對處理、最不堪的弱點。為了掩飾那樣的過去，他們不得不訴諸極端的手段，來保護在新秩序中重建的自我，緊抓新生活好不容易得到的一切。

松本清張寫的是推理小說，小說中有凶殺案，一定會有凶手，詳細鋪陳了推理尋凶的過程，然而最終揭露的，不是簡單的Whodunit答案，而是潛藏在社會生活底層的種種祕密，和過去的戰爭歷史、美軍占領過去有著密切的關係。

讀松本清張的小說，會感覺到日本是一個充滿祕密的社會。表面上的「人情義理」逼著每一個人都在演出自己被設定的角色，而他們最害怕的，是被發現不符合這個角色的要求，被取消了角色資格，成為社會上無所依靠的游離人。推理用在釐清人的外表與內在間差別，用在解釋行為與動機間的曲折連繫，難怪日本會成為一個推理小說的大國，推理的根源並不是文學性的、創作性的，毋寧有更深刻的社會性根源。松本清張以受到大量讀者追讀的社會派推理小說呈現、證明了這一點。

司馬遼太郎的歷史小說

另外有重新整理日本幕末維新歷史的司馬遼太郎。以小說家的身分，司馬遼太郎卻得以改造了日本人的史觀，而且是對最關鍵一段歷史的基本看法。以一個人的力量，透過精采的歷史小說，司馬遼太郎塑造了坂本龍馬在幕末時期的核心地位，進而改變了對於這一段歷史的因果解釋。

坂本龍馬二十六歲就被暗殺身亡，在世時間那麼短，完全來不及參與後來「大政奉還」與「明治維新」。但司馬遼太郎看到了、凸顯了他的歷史意義。坂本龍馬是一個「脫藩武士」，自願離開了藩主成為「浪人」，也就是自願失去了在封建制度中能得到的生計乃至生命保障。而所謂「幕末」，存在了幾百年的幕府制度之所以開始走向夕陽末路，正就是受到這些自覺的「浪人」不恤生死的猛力衝撞。

所以坂本龍馬不只代表了這群「脫藩武士」，他代表了這段時期改變歷史的真正力量所在。沒有這群人，不可能推翻德川幕府，也就不會有後來的「維新」，不會有後來伊藤博文、大久保利通等人發揮的空間。

以前這段歷史的焦點，放在西鄉隆盛、伊藤博文、大久保利通等這些「大人物」身上，司馬遼太郎卻轉而強調是坂本龍馬、中岡慎太郎他們這些熱血、冒險底層武士，替「大人物」們搭建了歷史舞台。透過豐富的歷史細節描述，透過精采的小說筆法轉折，讀者發現坂本龍馬他們那個世界更感人啊！

還不只如此，司馬遼太郎將原本混為一談的「幕末維新」明確切劃為「幕末」和「維新」，讓讀者看到了從「幕末」到「維新」的悲劇性轉折變化。「狡兔死，良狗烹」，「維新」政府成立後展開的「大政」措施之一，就是收拾這些創造了「幕末」的武士們。他們不只被排除在新的權力架構之外，甚至要被從社會上流放取消了，對於武士制度武士精神抱有懷舊情感的西鄉隆盛、榎木武揚悲壯地反抗新時代，悲壯地失敗了。

司馬遼太郎逆轉了成王敗寇的歷史評價，將「脫藩武士」放回歷史的中央地位，賦予他們英雄形象，相對地降低了後來握有大權，包括歷史記錄權、解釋權的這些強藩大臣，讓他們看起來不再那麼了不起，甚至相較於坂本龍馬等人而顯得平庸傖俗。

我們不能不佩服司馬遼太郎的眼光，他看出了坂本龍馬、西鄉隆盛的重要性；我們也必須佩服他的小說筆法，能夠先徹底消化了龐大史料，將複雜多線的歷史狀況整理出引人入勝的敘述，建構起讓人讀過難忘的歷史變化主軸。

在司馬遼太郎之後，原本歷史學家不同派別的論著幾乎都變得過時了，當道主流變成了司馬遼太郎的史觀。不只是一般民眾接受這樣的幕末維新歷史說法，反過來連學院內研究都紛紛依此探究新的主題、新的領域。這是極為少見的成就，民間歷史小說家提供了歷史研究的根本觀點變革的動力。

安部公房與大岡昇平

再往上數，戰後第二代的代表作家是三島由紀夫、安部公房和大岡昇平。

大岡昇平的成就主要在於戰爭小說上。那是經過了戰敗後一段沉澱，將自身戰爭經驗消化整理後，重新予以呈現的方式。用村上春樹比喻性的說法，那是專注在描寫「地上一樓」

狀態的作品。

日本現代文學曾有過的主流，是「私小說」，對於村上春樹，那是一種進入「地下一樓」的寫作，離開了表面的現實，將不會要放在客廳讓客人看到，也不會要放在房間讓自己隨時看到、意識到的一些生命雜物，平常堆放在地下室的東西拿出來、攤出來，確認這些東西存在，在光線照射下原來長這種模樣。

然而戰爭帶來的衝擊破壞，到後來連家中「地上一樓」的秩序都維持不了，變成一團混亂，甚至變成斷垣殘壁。戰爭剛結束時，人們必須先面對現實、收拾殘局，要等到碎土清運完畢，家具修整到可以用，庭院裡重新種上兩棵樹，這時候才能稍微安定心情回頭想、回頭記錄那原來的家是如何被毀壞的，自己又如何目睹、親歷了那段毀壞過程。

像大岡昇平寫戰爭的作品，因而有一種特性，眼光會停留在現實的「地上一樓」，因為光是「地上一樓」的殘破淩亂就夠讓人為之目眩了，無暇也不需要去探入「地下一樓」。表面寫實很有力，但對內在心理沒有那麼深沉的探索。

安部公房最有名的作品是《沙丘之女》，還改編成為當時、很具影響力的電影。應該將小說和電影放在一起看，就能夠立即體會安部公房文字中驚人的視覺性。而且那還不是來自於日本傳統美學的纖細、陰翳、季節性的視覺畫面，而是明顯受西方超現實主義影響、甚至是移植而來的。

沙丘是女性身體曲線的巨幅放大，將人、尤其是男人相對縮小了，似乎是無法承受自己的欲望。安部的小說裡還會出現巨大的馬桶，可以將所有的東西都吸進去沖走，角色們必須費心費力想辦法讓自己不要被捲入馬桶中，呈現了一個如同核爆後的末日世界，人避居在洞穴中，然而洞穴裡另有巨大馬桶的荒謬威脅……

安部公房的小說中沒有明確的「日本性」，毋寧是來自存在主義的一種普遍的焦慮，扭曲變形為超現實噩夢般的情境。

另外關於三島由紀夫的作品特色，請參考《追求終極青春：楊照談三島由紀夫》。

被戰爭摧毀又重生的文學

再往前溯，戰後第一代作家中最有名的是現在連日本讀者都不熟悉的野間宏。因為那是一個慌亂過渡時期，經過了軍國主義長期控管，戰爭後期更是嚴上加嚴，文學還需要多一點喘息的時間才有辦法恢復產生像樣的傑作。

雖然作品品質沒那麼高，然而戰後第一代作者有其歷史地位。他們緊接在戰爭結束後就交出文學創作來，反映了日本深厚的文學傳統積累。之前解讀谷崎潤一郎、太宰治、三島由紀夫時都提過軍國主義時期主流意識形態對文學產生的高度傷害。好的文學要碰觸、刻畫複雜的人間條件與人間景況，軍國主義卻要求絕對的一致。那麼強大又維持了那麼久的戰爭體制竟然沒有徹底抽走文學的根苗，極短的時間內，文學就在日本復甦了強悍的生命力。

另外還有將戰後世代在文學上和戰前連結起來的重要作家，例如川端康成或林芙美子，他們都在戰爭結束後很快寫出了新的作品，在裡面放入了對於戰爭深沉反思感受後的新內容、新風格。

可以對比德國的情況。關於敗戰後的德國，有一本經典研究著作，米雪莉西夫婦（Alexander & Margarete Mitscherlich）所寫的《無能哀悼》（*The Inability to Mourn: Principles of Collective Behavior*），精確地描述了從一九四五年到一九六五，德國在集體精神層面的徹底荒蕪，除了政治和經濟上的繁忙活動外，在文化上維持了從納粹到戰爭再到戰後的長期廢墟狀態。他們無法在文化上有任何的表現，因為內在心理上最強烈的感受當然是對於德國各方面損失的悲傷哀悼，但如果他們表現了悲傷哀悼卻就形成了對於戰爭受害者，尤其是被屠殺了六百萬的猶太人的冒犯。身為加害者，哪有哀傷的權利？

於是二十年間，德國處於一種集體壓抑狀況中，近乎集體精神疾病，表現在外的，是文化方面，尤其是文學上的空洞荒蕪。

對應同樣這二十年間，日本出現了多少文學作者與作品。到宮本輝寫作出道時，日本文學發展甚至可以清楚地切分為五代，而且的確每一代都有其特色，留下了呼應時代變化的不同聚焦重點。

宮本輝和村上春樹做為第五代的小說作者，有一項歷史傳承的特色，那就是他們有意識地擺脫了之前一直被視為理所當然的純文學疆界觀念，在作品中加入了來自大眾文學的影響成分。

村上春樹曾經回憶自述說：「當時的文藝圈或說藝文業界，最吃得開的是所謂的『主題主義』，而我對那個幾乎完全不感興趣。……在那個年代，小說作品只能從『是前衛還是後衛，是右還是左，是前還是後』的架構圖中捕捉。……但我基本上逃離了日本，所以還算輕鬆。」

他所形容的，是前一代純文學的氣氛。而他所代表的，就是一方面並沒有跨到大眾文學那邊成為大眾性的職業作家，卻另一方面又和主題至上的純文學保持距離，因而得以自在運用多元元素與手法來創作小說的新一代態度。

大眾小說的技巧

宮本輝小說《月光之東》開頭出現的是一個謎，suspense。小說主角十三歲時的初戀對象塔屋米花被刻意的寫成了一個謎團，將小說的情節都圍繞著這個謎團展開。這很明顯是從大眾小說的推理寫法中引用過來的。

主角的好友加古慎二郎遠在喀拉蚩自殺身亡，和五天前離開喀拉蚩的塔屋米花到底有什麼樣的關係？環繞著塔屋米花有太多無法看穿無法理解的事了，她為什麼要偽冒主角的名字寫信給加古慎二郎？那封信在加古之死事件中有什麼作用嗎？

主角和加古慎太郎的妻子是被這個謎團不自主捲進去的人，他們要去找出這個神祕的塔屋米花，試圖將謎團解開，這個過程貫串了整部小說，構成了小說的主線。

從第三代、第四代一路下來，松本清張、司馬遼太郎他們的驚人成就在時間中持續對原本的純文學領域滲透，以至於後來分別第四代與第五代的關鍵差異，就變成了對待大眾小說元素的不同態度。第四代仍然抱持防衛立場，在純文學作品中排斥大眾小說寫法；第五代卻是從出道之初，就在作品中混入了吸引讀者的一些大眾小說技巧。

村上春村出道作品《聽風的歌》最清楚的特性，是主角敘述者「我」那樣一種被動看待世界的方式，和三島由紀夫或石原慎太郎的寫法形成了斷裂的對比。那是一種碎裂近乎虛無的態度：

……我在記事簿正中央畫一條線，左邊將那期間所獲得的東西寫出來，右邊將失去的東西記下來。失去的東西，糟蹋的東西，尤其是拋棄掉的東西、犧牲掉的東西，或背叛的東西……這些到最後我都沒辦全部記完。

我們努力想認識的東西，和實際上認識的東西之間，橫跨著一道深淵。不管你拿多長的尺，都無法測量出那深度來。我能在這裡寫出來的，只不過是List而已。既不是小說也不是文學，更不是藝術。只是正中央畫一條線的一本單純的筆記而已。教訓或許有一點。

不只是小說中的主角沒有強烈的信仰與生命態度，甚至連作者村上春樹都是以一種和爵士音樂相配合的即興方式寫作。宮本輝乍看下沒有那麼疏離虛無，然而他的小說同樣完全沒有明白的「主題」——關於左派或右派的政治立場，基督教或佛教的生命追求。他以高度懷舊，因而也高度包容的筆法，寫戰爭剛結束的日本，一直寫到泡沫經濟的現實，帶著一種不可思議的冷靜平實，不哭不笑不批判，只是凝視、記錄。

意識形態的鬆綁

村上春樹小說中的角色，慣常和社會保持相當的距離，處在一種浮游狀況中。和第四代作者和社會強烈的牽扯介入也完全不同。在此之前的日本，受到戰爭到戰敗的衝擊，原先的結構組織都被撞開了，使得人們格外害怕游離、疏離，於是努力要在文學中先找到基點，那就是村上春樹所說的「主題主義」潮流，有了「主題」立場才能開始寫作。

他們沒有原本傳統給予的固定支撐，必須對所有的生活處境自圓其說，也就是必須有意識形態的答案作為依靠依據。三島由紀夫和石原慎太郎在右邊，大江健三郎在左邊，以各自的意識形態來應對生活，重建他們能夠棲身的現實。

三島由紀夫的意識形態是縮小個人，崇奉一個超越的權威，來避開民主主義必然帶來的混亂騷動與瑣碎無聊。石原慎太郎的意識形態則是男人就該像個男人，年輕人就有年輕人的行為與模樣，強化社會印象中的各種分類，因而形塑了他從文學到政治上的獨特魅力與號召力。

和宮本輝同樣出生於一九四七年的，有助於我們理解「第五代」狀態的，是北野武。他反映了那個時代的混雜特性。在雜文中，北野武會說：「小孩是就應該要打，爸爸就應該是坐在那裡讓小孩害怕的，不然幹嘛要做爸爸？」表現了非常傳統保守的價值觀；然而北野武最根本的職業身分，卻是舞台上、電視上的單口相聲演員，standup comedian。在這個領域他成功地挑戰各種社會禁忌，轉化成為讓人大笑的內容。依照佛洛伊德對於笑話的精神分析探索，笑話必然有其挑釁、逆反社會價值觀的一面，是某種潛意識的發洩表達。

北野武是一個技巧精確純熟的喜劇演員，他很清楚該如何控場，何時停頓讓觀眾放鬆大笑，何時追加一句後續，讓觀眾止不住笑聲。他的演出不是直覺、即興的，有著細密的考量安排，當然包括對於該觸犯什麼樣的社會禁忌，在演出中凸顯什麼樣的社會現象。

這樣的人，怎麼可能保守相信應該遵守既有社會規範？北野武文章中表達的態度豈不是自我矛盾的？是自我矛盾，而那種矛盾正表現了這一代日本人的時代性格。前面的世代在戰後搖搖欲墜的環境中成長、掙扎，必須尋找確切的立足點，給自己和社會重建根基；到了宮本輝、北野武這一代他們一方面承襲原來堅持立場的習慣，另一方面又有了足夠、甚至過多的安全感，轉而想要追求大一點的自由空間，試圖和集體立場站開稍微遠一點的距離。

遠藤周作和大江健三郎都費心費力去抓住一個能夠據以建立人生態度的價值觀，但對村上春樹來說，一切的起點是《聽風的歌》，飄盪不定的風是最主要的象徵，淺淺淡淡的哀傷，從無法安定的底色中透顯出來。

作為那個世代的代表，最關鍵的也就在他們不再需要堅實的立場，不要主題、不要意識形態、甚至不要一個明確的社會身分與角色綁在自己身上。

村上春樹與「井底經驗」

人沒有這種定錨、拋掉或失去了定錨後，要如何活著？

村上春樹最暢銷的小說《挪威的森林》寫的就是這種新的生存方式。小說中的渡邊君和直子之所以成為一對奇特的戀人，源自於直子本來的男友，也是渡邊最要好的朋友キズキ突然沒留下遺書，沒做任何交代，在車庫裡自殺了。這兩個人的生命被這件事徹底改變了。《挪威的森林》小說開始於在飛機上，渡邊突然哭了起來。他和直子兩個人曾經試圖去尋找キズキ的死因，解釋究竟在キズキ自殺這件事上，自己有什麼責任嗎？但那是無望的追尋，不可能找得到答案，只是在過程中扭曲了他們的生命，又葬送了他們開端於共同被驚嚇、被傷害的愛情。

也是在這開頭的地方，村上春樹就寫了一個比喻：像是在樹林邊緣上，有一口井，沒有標示、沒有井圍，黃昏光線不好的時候，在那裡走著走著不小心就會掉到井裡。掉下去摔死也就算了，キズキ可能就是摔死了的。但更常發生的，是掉下去卻還活著，那怎麼辦？你爬不上來，而且你知道自己爬不上來。

之前大江健三郎他們那一代，文學呈現的價值是人如何盡力抓住一種態度、一種信念，讓自己不會掉到井裡；村上春樹的前提卻是人不可能真正避開掉入井裡的危險，你只能去應對、去想像掉進井裡後的情況。

《挪威的森林》裡，渡邊和直子一起掉進去，兩個人努力互相扶持想要爬回地面，然而卻失敗了。但另外出現了小林綠，她代表了一條、幾乎是唯一的路，可以從地底通向地面，那是一種全無保留的愛情，才能夠克服人無法避免掉入井中所產生的普遍哀傷、空虛狀態。

閱讀村上春樹的小說有幾個固定的重點。首先找到主角掉入井中的關鍵場景，然後辨識，是什麼樣的人在什麼情境中如此突然掉入人生的深井裡。井裡的經驗、過程不一定痛苦，但必然是哀傷或空虛的。再來我們就辨識，在小說中是誰提供了從地底到地上的救贖力量。掉進井裡的人不可能單憑自己的力量爬上來，然而小說又並不絕望，因為終究村上春樹會顯露出一種奇特的天真信念——如果有足夠強烈的愛情，非常的愛情理由與動力，那麼小林綠能將渡邊從最深的憂鬱中救出來（《挪威的森林》），岡田亨能將失蹤的妻子找回來（《發條鳥年代記》），青豆甚至可以闖入另一個時空（《1Q84》）。

宮本輝的小說也經常出現類似的主題，角色突然遭到巨大不可測的打擊，被從原本生活的軌道上衝開，不可能再回去了。像是《錦繡》裡的關鍵情節是女主角亞紀在渾然不知情

第二章
宮本輝的大河小說——讀《流轉之海》系列

執筆三十餘年的系列巨作

《流轉之海》是宮本輝一生最重要的作品，書名會讓人想起三島由紀夫的《豐饒之海》，都以「海」命名，都是「四部曲」，尤其如果知道三島由紀夫作品中動用了輪迴來貫串龐大的「四部曲」故事的話，更會感到「流轉」和輪迴間的親近性。

不過其實在用意與寫法上，《流轉之海》都和《豐饒之海》很不一樣。另外寫作過程乃至最後的成果．兩部書有著更大的差別。《豐饒之海》故事時空背景從日俄戰爭綿延到二次戰後，透過本多繁邦將近八十年的一生，搭配松枝清顯的四世輪迴，寫了一部刻意脫離線性時間敘述的史詩，呈現二十世紀日本的起伏變動。

《流轉之海》呢？宮本輝並沒有按照原本計畫寫成「四部曲」，而是不斷延長，最後在二〇一八年才終結在第九部的《原野之春》，前後一共費去了長達三十七年的創作時間。第一部開篇的時代背景，是一九四七年，既是宮本輝自己出生的那一年，也是小說主角松坂熊吾的獨生子伸仁出生的年份。九部之後，小說結束在伸仁大學三年級時，也就是花去了三十七年創作，《流轉之海》小說中的時間卻只推進了二十年，宮本輝在小說中對一九四七年到一九六七年的時空，進行了非常詳細的描述，其時間感和敘述節奏，比《豐饒之海》要慢得多了。

從一開始，宮本輝就計畫要以自己的父親為小說主角原型，來描述日本戰後社會劇變到重建秩序的過程，同時搭配自己的記憶與經驗，讓作品具備「成長小說」的性質。從這兩方面看，時空背景設在一九四七到一九六七年，小孩從出生到二十歲，是極為妥切的安排。然而沒有依照原定計畫的，是小說推進的速度，原本要以四部小說寫完二十年的故事，等到第四部《天河夜曲》結束時，伸仁卻還只有九歲，甚至還沒有進入青春期啊！

從戰後社會變化呈現或從「成長小說」角度，都不可能讓小說停留在一九五六年，當然必須往下寫。而前面運用了在四部中推進九年的速度，顯然也不應該突然在後面加快，於是宮本輝固執持續往下寫，寫成了超過兩百萬字的皇皇巨著。

台灣麥田出版曾經翻譯出版《流轉之海》，以「四部曲」預告行銷，後來「四部曲」架構被打破了，又不知道後續還有幾部，需要多久才能完全出版，這個翻譯引進計畫也就停止取消了。因而很可惜，《流轉之海》在中文世界裡只找得到前四部的翻譯，一般讀者難以窺其全貌。

戰後政治經濟的轉折

中文讀者能找得到、讀得到的《天河夜曲》（《流轉之海》第四部）開場是一九五六年初，熊吾一家搬離大阪前往富山，在火車上，熊吾對鄰座乘客的印象是「像滿洲馬賊的小人物」，因而感嘆「看來日本永遠都處在戰後狀態啊！」

然而其實這正是日本擺脫「戰後」，邁向新時代的關鍵轉折點。就在前一年的十一月，自由黨和民主黨聯手組成自由民主黨。

> 分裂的社會黨睽違四年後終於統一，所以保守的兩大陣營不得不攜手合作，這是預定中的行動，其實掌握日本生殺大權的美國，接下來就是要振興日本的經濟，因此他不得不透過各種合法的手段全數剷除所有與執政當局唱反調的勢力。
>
> 《日美安保條約》對美國來說，只不過是美國在世界戰略中布局的一環，換句話說，美國總不能讓作為馬前卒的日本永遠置於戰敗國的貧窮狀態。進一步說，作為美國在亞洲分店的日本，僅與中國和蘇聯隔著狹窄的海峽，總不能比兩個共產國家貧窮落後。此外，為了把在亞洲象徵資本主義陣營富裕的日本小丑化，美國只好全力消除所有

非法的謀略以及衍生出來的社會問題。因此美國就得在這時候將系出同門的兩大保守勢力撮合成兄弟檔。

熊吾是這樣解讀昭和二十八、九年直至現今的政治和經濟情勢。

這是對於後來主導日本政局長達三十年的「五五政體」的簡要、精確起源說明，也鋪陳了熊吾想從大阪遷居到富山的動機。在大阪，熊吾活在不折不扣的「戰後」環境裡，處於最混亂脫序的黑白市不分，合法與非法混同成各種灰色地帶的商業情境中，開設中國餐館和麻將間，一邊為新興的商社提供員工餐，一邊目睹見證大阪黑幫的快速分合起落。

他知道這樣的情況終究要結束，「滿洲馬賊」般的小人物畢竟要退出了，因而在「五五體制」剛成形之際，毅然放棄原先在大阪的買賣，轉而投入中古汽車零件生意。這樣的選擇，很明顯也來自對於時局的敏銳觀察——日本要開始復甦，交通上有很大的需求，但一時無法自製汽車也無法大量進口汽車，在汰換管道受阻下，必須維持既有車輛的運作，那麼各種中古零件當然會有熱絡交易市場。

而且這樣的發展會從都會區快速蔓延到地方性城市，新車進入都會區，那麼原本都會區轉手交易的二手零件可以送往地方城市，滿足當地次級的交通工具維修需求。所以熊吾看準了這個機會，帶著他在大阪建立的供應關係轉往富山，不過才待了一陣子，他又回到大阪察覺到更進一步的新商機。那就是在大阪建立一個可信賴的中古車交易商網絡，提供愈來愈多需要買車的人，相對可靠的二手車來源。

兼具戲劇性與文學性的人物描繪

《天河夜曲》長達三十萬字的篇幅之後，全書結束的場景，和全書開始相呼應，都是在富山一間可以讓熊吾三口一起泡澡的旅館裡，而且時間上也只比開頭晚了半年而已。也就是花了三十萬字的篇幅，宮本輝只讓熊吾的生命經歷推進了半年。

難怪最後寫完二十年需要九部而不是四部的份量。然而在這裡有著宮本輝不容忽視的文學技法與能力，能夠寫出時代細節，卻不淪為流水帳，安排了足夠的戲劇性，讓讀者津津有味地追讀，但仍然不失高度的寫實可信性。

一個關鍵的寫法，在於建構了熊吾的人物特性。《天河夜曲》中透過妻子房江如此描述：

房江的腦海中，突然閃過「本性」這個字眼。

沒錯，這就是松坂熊吾這個人的本性使然！他有才幹和行動力攀梯而上，原本可以攀得更高，他卻把梯子拿掉，移到另處重新攀爬，從來不做接續性的攀登。每次總是回到原點，又開始攀爬，不久，感到厭煩的時候，又溜回到更低的階梯去……

……沒錯，這就是本性！丈夫經常被自己的「本性」驅使，時而攀上時而爬下，不斷重複這些動作。原本可以攀上去，卻又溜了下來……

把它比喻成登山的話，好不容易已經爬上半山腰，這時卻在附近看到另一條更容易攻頂的山路。但這樣一來，又得重新下山從頭開始爬起。他明知這個道理，卻寧願放棄辛苦攀爬的路程，回到原點，喜孜孜地開始攀爬新的山路……

這絕不是生性刁滑，或是缺乏耐力，而是他認為，攀登別條的山路比較快到達更高的山頂。

在這之前，他已經好幾次爬到半山腰，其迅速和敏捷都是普通人望之不及的……但是他卻被別條山路所吸引，一口氣又折回山腳下來……

這確實是對於小說主角熊吾個性最精確的分析。雖然房江會覺得熊吾像在反覆攀登同樣的樓梯或同一座山，然而在小說情節上，每一次放棄既有的成就，轉而追求自己認為更好的機會，熊吾就涉入一個不同的行業，所以才能隨著他一個人的經歷，讓我們看到日本戰後那麼廣泛的經濟與社會變化，並且在他一個人身上創造了那麼多生動的人間戲劇。

從麻將館到中古車經銷

《天河夜曲》描述的短短半年間，熊吾的行業就從開「平華樓」與麻將館轉到去鄉下開設中古汽車零件，再回大阪籌組正派中古汽車經銷聯盟。對於他所涉及的每一個行業，宮本輝都提供了一些或有趣、或重要的歷史細節。

像是關於麻將，小說中這樣一段對話：

「……麻將這種東西真是有趣啊，它是一種以地獄的數量拼合的遊戲。」

「……什麼是地獄的數量？」

……「麻將是一種有一百三十六支牌的遊戲，它和佛教所說的地獄數量是相同的，也就是一百三十六個地獄。……地獄大致可分為兩種，所謂八熱地獄與八寒地獄。滾熱的地獄又分為八種，凍寒的地獄也有八種。兩者相加共有十六個小地獄。在這十六個小地獄中，又分為各種地獄，加起來總共有一百三十六個地獄。麻將牌也有一百三十六支。而所謂的麻將就是四個人圍住地獄之海，各自取捨不同地獄的遊戲。中國人真是厲害，居然發明這種玩意。」

很多愛玩、常玩麻將的人，應該也都不知道自己所做的，竟然是圍著象徵的地獄之海努力選擇不同種類的地獄吧！

而熊吾在大阪引發了新的壯志，找到了房江比喻的「另一條登山之路」，宮本輝仔細解釋，那是他理解了當時中古車買賣被仲介把持的特殊狀況。那時候賣中古車的人還得到了一個特殊名稱，叫 air broker，直譯「空氣仲介」，意思是他們買空賣空做生意。

這些人沒有辦公室，待在常去的咖啡廳或麻將館，將那裡的電話告訴同夥，彼此交換情報，掌握誰要賣車、誰要買車，然後居中連繫賺取差價。他們互相勾結製造出一種氣氛，讓人們覺得如果不是透過他們就很難賣車或買車，在大阪布下了很大的一張情報網。

不過熊吾還是發現了這張大網中的關鍵破洞。那就是做買空賣空生意的，當然會有不肖之徒，用陰險甚至強迫的手段推銷劣質的中古車，又不做售後服務，受害的客戶心有餘悸，會將經驗告知別人，警告人家不要透過「空氣仲介」來買車賣車。

那要到哪裡去買賣呢？應該要找那種和惡質投機客劃清界線，只做良心買賣來養活妻小的誠實業者，如果將這種業者聯合起來，讓想買車賣車的人知道這個管道，可以擺脫投機客，在經濟開始發展，運輸需求擴張，汽車需求也必然隨而增加的環境裡，應該能創造商機吧！

於是熊吾將妻兒留在富山，自己在大阪聯絡這些原本誠實而低調的商家，辦車展又辦兼具對內聯盟及對外宣傳雙重作用的刊物，一下子就完全忘卻了本來要到富山開拓成為中古汽車零件銷售龍頭的雄心。

比自尊心更重要的信念

小說中做父親的，曾經鄭重其事跟獨生子伸仁說了釋迦牟尼和提婆達多的故事。這有一段來龍去脈：

有則佛教故事說：釋迦牟尼在眾人面前訓斥他的弟子提婆達多，斥罵他思想愚蠢，食人口沫。在釋迦牟尼的弟子之中，提婆達多非常優秀聰明，尤擅講經說道，才華出眾，但卻隱藏著邪惡的野心。釋迦牟尼正因為看出他的邪思，才當眾斥罵他。

當眾受辱的提婆達多非常生氣，他認為，就算他有錯，釋迦牟尼可以私下訓斥他，何必當著眾人面前羞辱他呢？因為這個原因，提婆達多從此懷恨在心，發誓「釋迦牟尼為我今生最大敵人」，試圖殺掉釋迦牟尼，攻擊教團的僧眾，極盡為惡之能事，逐步走向地獄……

……熊吾聽到提婆達多的故事時，直覺認為讓提婆達多走上極端的正是釋迦牟尼。每個人都有自尊心。人是感情的動物，這已經是老掉牙的話了。

提婆達多說的沒錯，就算他心有邪念，釋迦牟尼大可不必在眾人面前羞辱他，可以私下訓斥他啊！在眾人面前傷害他人的自尊心，絕對不是厚道的做法。……

然而之後，他改變了想法。

釋迦牟尼比誰都清楚，這句話是多麼傷及人的自尊心。

提婆達多啊，你的自尊心受損了吧？接下來，你打算怎麼做？要與我為敵，為害佛教教團，放棄立誓的弘願嗎？我們的目的是什麼？釋迦教團的弘願，不就是克服各種障礙忍受鎮壓，傳播佛教，引導和拯救眾生嗎？當初，你不就是立下此弘願，才成為我的弟子嗎？你寧願為了自尊心，捨棄普渡眾生的弘願嗎？是這樣嗎？你沒有比自尊心更重要的東西嗎？不能看破自尊心作祟的人，如何完成傳播佛教的艱鉅任務呢？提婆達多啊，你要選擇自尊心呢？還是選擇立誓的弘願呢？

釋迦牟尼就是要考驗提婆達多才這樣做的吧？而提婆達多沒有通過考驗，同時也就無法堅持初心，無法完成弘願了。

因而熊吾領悟了，將這個教訓濃縮成一句格言式的短語——「人生在世，一定要擁有比自尊心更重要的信念。」然後他不只將這個故事費盡思量講給才九歲的兒子聽，並且鄭重其事要求兒子務必將這句話背下來。

從一個角度看，這是小說中的隱喻主題，戰後日本社會就是在努力尋找一份「比自尊心更重要的信念」，發動戰爭招來無條件投降結局，這樣的國家還能有什麼自尊心，如果不能找到那份「比自尊心更重要的信念」，怎麼能存在下去？

換另一個角度，這也凸顯了熊吾的性格，他衝動易怒，像故事裡的釋迦牟尼一樣會觸犯、傷害了別人的自尊心，因此在戰後艱難處境中往往給自己帶來了很多麻煩，引來了別人的怨憤甚至背叛都不自知，鋪陳了他的人生道路不斷磕磕碰碰無法平順一級一級攀升的根本原因；不過他有著要超越自尊心的覺悟，因而又能在每次遭遇重大挫折後，仍然不懈地找到出路。

讓他能在小說中扮演起身上不斷有事情發生，不斷創造讀者會好奇的未來懸疑的中心角色。

戰後的教育環境

松坂熊吾對五十歲才生出的獨子當然抱持高度期待，經常不顧小孩的年紀，急著向他傳遞種種人生經驗與教訓。他當然必定會不斷碰觸到伸仁成長環境最特殊的歷史情境——剛剛結束了戰爭的敗戰荒涼。

在小說中，他曾經用這種方式對伸仁說明戰爭：

「石川啄木曾經寫過一篇〈雲是天才〉的小說。原先我以為啄木只是和歌詩人，想不到他也寫小說，所以以前曾經讀過。我已經記不清楚小說的內容，只記得〈雲是天才〉這個篇名。不過，啄木光是〈雲是天才〉這句詩已經非常出色，為什麼還要寫那麼無聊的小說，真令人有些掃興。

「我們在滿州打野戰，暫告休戰的中午時分，站在死骸遍野的士兵旁邊抬頭看著天空，映入眼簾的是飽滿的雲朵。那時候，〈雲是天才〉這句詩多麼讓我感動啊。而故鄉的海、故鄉的山河這些話，簡直讓我感動得快掉下眼淚來。」

這裡面有一份詩情浪漫，卻又帶著質樸的直率，巧妙地結合起來傳遞了身在異地打仗生死難卜中的恍惚之感。但是很快地，絕非詩人、充滿了世俗智慧的松坂熊吾換另一種態度看待石川啄木，他告訴兒子：

「你出生九年以來，我就教你許多做人的道理，教了九年，你應該謹記在心了吧。……說到石川啄木，就會談到哭泣啦，螃蟹又怎麼樣啦，可是我很喜歡那首〈揮別涵館的青柳町／朋友的情歌／風中的矢車菊〉的短歌。這是一首了無新意的流行短歌，但是簡單易懂。世間的道理，就是簡單易懂才行。」

關切幼子的成長，又讓熊吾對當時日本的教育感到極度失望。他甚至認為美國占領軍根本是有計畫的利用改革之後的教育來架空日本人的思想。表面上將「賦予所有孩子平等教育奉為金科玉律」，實際上真正在教育現場執行的，卻只是齊頭式的學習，將「幼稚得可笑的民主主義」當成真理，殘害了日本的下一代。

他對「六―三―三」的新學制也很有意見。這種學制逼著十三歲到十五歲的少男少女必須經歷最嚴格的小學升初中及初中升高中考試。這種年紀的少男少女剛好處於思春期，是最難管教與容易鬧彆扭和情緒敏感時期，他們心情浮動、鑽牛角尖，對性愛有莫名的衝動，違抗父母的意見，痛恨父母對自己的管教，一部分幼兒性格又尚未消除……

偏偏對這種年紀的孩子施以束縛個性發展的嚴苛考試制度？這怎麼可能是對的、好的教育體制？

羅馬拼音害慘了英語學習？

伸仁在大阪上學時，學校裡教的是羅馬字，也就是先教字母及其發音原則，並沒有從英文單字教起。轉學到富山之後，學校來了一個年輕的代課老師，讓學生自習時自己拿著一本《Time》原文雜誌在讀。學生們很羨慕老師竟然能看得懂英文，此時學過羅馬字的伸仁刻意表現，將Time這個字念出來，但他念成了類似Tim的發音。

結果老師露出嘲諷的笑容，在黑板上寫下「I LOVE YOU」要松坂伸仁唸，伸仁依照羅馬字發音原理，將I發成「伊」的聲音，LO則發成「洛」的聲音。他念出來之後，遭到老師痛責，要他不要自以為是，還說在都市裡小學教學生讀羅馬字，是最糟糕的。老師還教全班I LOVE YOU的正確發音，卻要伸仁維持原本羅馬字的發音方式唸，惹來全班同學哈哈大笑。

這對伸仁當然是很大的打擊，使得他感到失志，回家告訴母親再也不要學英文了，因為老師還對全班說：「受到羅馬字毒害的人，永遠也學不好英語。」

知道了這件事，母親房江怒火中燒，第二天便前往學校去找那位年輕的代課老師興師問罪。兩個人之間有了這麼一段對話：

「請問『受到羅馬字毒害的人，永遠也學不好英語』是老師您的個人意見嗎？還是貴小學的教育方針？」

「您誤會了，我不是這個意思，我是希望松坂君能夠理解英語和羅馬字的不同。」

「可是，你用那種不懷好意的方式讓一個九歲的小孩在同學面前出醜丟臉，未免太過分了。您把何謂教導和何謂欺凌搞混了吧？萬一那孩子被烙上『永遠也學不好英語』的印記，從此不再學習英語，您要負起這個責任嗎？……不管是從好的或壞的意義來看，他從都市的小學轉到富山的小學不到兩個月，也許有些言行舉止會讓老師或同學們看不習慣，可是那和用羅馬字讀英語沒有關係，也無關乎他的將來如何，您做為一位老師是不是太缺乏愛心了？」

「哎呀，我的本意不是這樣……總而言之，一位荒木老師去東京參加教育委員會，我只不過是臨時代課而已……」

「既然如此，為什麼日本的小學還要教學生學習將來可能成為學習英語障礙的羅馬字呢？我是個沒受教育的人，不明白其中的道理，您能告訴我其中的原因嗎？」

「唉，這是松坂君感受方式的問題，不是我個人的看法，也不是教育部的方針。」

「是我兒子感受方式的問題……難不成您是說我兒子在說謊？您沒說過『受到羅馬字毒害的人，永遠也學不好英語』嗎？」

「松坂君大概曲解了我的意思了。」

「那麼，老師您當時是怎麼說的？」

「我是說學過羅馬字，不見得就懂得英語……」

「我認為這點非常重要。姑且不說那孩子有沒有曲解您的意思，如果您沒說那句話，而那孩子卻故作說過似地對我撒謊的話，那我這個做母親的就得重新看待那孩子的品性了。老師您到底有沒有說過『受到羅馬字毒害的人，永遠也學不會英語』這句話？」

「好像說過又好像沒有……」

黑社會的形成

這是精確且尖銳的切入選擇，反映表述了那個時代日本社會面對的矛盾困擾。受到美軍占領的衝擊，才剛從軍國主義與戰爭體制中回神過來的人們，立即被投入逆轉對於美國的服從與崇拜中。學習英文、模仿美國文化成為流行，但是過去的記憶與習慣必然形成了重重障礙，讓日本人在這條路上走得顛顛躓躓，不時跌跤。

老師變成了最難扮演的一種社會角色，相當程度上，他們對於自己要傳授的教育內容，只能是現買現賣，自己也是在這樣的轉折中才倉皇努力學習美軍要求的新教材，不可能有多好多深厚的準備，他們或許能有向學生炫耀的一點語文能力，但其實並未有足夠轉化為有效教學方法的基礎，必然呈現出混亂，也幾乎必然無法找到堅定不移的信念與立場。

當「好像說過又好像沒有」這樣的話從一個老師口中說出，很明顯地，日本傳統中的老師地位與尊嚴，不復能在家長房江心中維持，她想起了丈夫熊吾經常掛在口頭上，對美國人陰謀的描述：「架空日本人精神的計畫正在逐漸進行」，突然覺得那恐怕不是誇大的自以為是，而有相當程度的事實根據吧！

《流轉之海》系列最大的成就之一，就在於細膩地捕捉、重現了戰後日本社會各方面的混亂，人們必須具體地面對混亂，在如同浪潮般一波波襲來的混亂中勉強找到據點站穩腳步。過去像樹木一般，在同一個地方紮下根，然後維持不動的策略在戰後時局中完全不適用了，日本的活力，也是讓日本終究能從戰敗中重新站起的核心因素，不在原先固定的傳統中心區域，換到了邊緣的、甚至是原本暗藏難以見到天光的階層與領域中。

像是「阪神後街」。

大阪車站和對面的阪神百貨公司的周邊，二次大戰後，那裡違章建築林立，許多來歷不明的人聚集成戶形成了所謂的黑市，不久後，隨著社會情勢的改變，黑市也告消失了。不過，在那裡定居的人們，便在阪神百貨公司南側一帶形成了如迷宮般交錯的巷弄町街。

那裡主要以紡織相關的店家居多，其中有舊衣店、內衣褲專賣店或只賣毛織物的小店、賣皮帶和皮手套的店、賣精緻服飾的小店，也有居酒屋和內臟燒烤店，更多的是表面上名為五香串燒店，其實是女人在二樓等客賣淫的私娼寮，後來人們自然而然就把那個地帶稱為「阪神後街」了。

又像是伸仁原本在大阪念的曾根崎小學，和伸仁最要好的同學分別姓李、金、黃、劉、王、陳、張、曹……一聽就知道那是華人聚居的所在，相熟的鄰人們則有「近江號」的船東夫妻、觀音寺的阿健、柳大嬸、捕沙蠶人、馬車伕、碼頭工人、蓄著腮鬍孔武有力的壯漢……

其中觀音寺的阿健後來還將懷孕的女友送到富山央請熊吾和房江代為照顧，理由是他人在江湖身不由己，絕對不可能收手重返正常社會。而他所在的那個社會，明年或後年就會有一場大拚鬥，他隨時可能挨混混們的子彈，也可能幹掉幾個道上兄弟，趁拚鬥機會闖出名號。他所面臨的，是必須經過一場大拚殺才能分清楚哪方是敵是友的危急情況，無論如何不可能照顧女友和小孩。

那不只是黑社會，那是戰後一切還在重組中，終於要誕生較穩定局面之際的大阪黑社會。

脫衣舞孃的身世

混跡在大阪後街底層環境中，熊吾遇到脫衣舞孃西條明美。明美抱著觀眾送的賽璐珞製大型娃娃，在街上買燈籠，熊吾在旁邊告誡她該小心點燈籠之際，已經有醉意的明美卻讓蠟燭不小心燒著了娃娃，一下子燒傷了明美的脖子和臉。

不只是嚴重的燒傷，而且還可能葬送了明美的生計，毀容了怎麼可能再到舞台上跳脫衣舞？然而面對醫護人員以及警察，明美卻都誠實表示是她自己造成的，和熊吾無關。對這個環境再清楚不過的熊吾知道，明美可以故意將責任賴給他，從他這裡訛詐一筆可觀的賠償，至少得到醫療費用，甚至脫衣舞演出團體的其他人明白地建議、要求她這樣做，她卻沒有。

這讓熊吾極為感動，進而讓他下定決心將自己收藏的一把關孫六兼元名刀拿去賣掉。為了賣到最好的價錢，他帶著刀去找自己過去曾經得罪過的海老原太一。在亂世中，當有特殊需要時，他必須實踐叫兒子牢記的格言：「人生在世，一定要擁有比自尊心更重要的信念。」

果然在商談的過程中：

太一的眼袋微微顫抖著，大聲地對熊吾說：「如果你肯在我公司職員的面前下跪，我就當這五十萬是掉在路邊，施捨你吧！」

「你隨便叫四、五個工作不忙的職員進來，把櫃檯的女職員也叫來。」

接著，熊吾揭開布包，打開桐盒，拿出收在白木刀鞘裡的關孫六兼元名刀，正要跪坐地板上時，太一撇下一句：「把五十萬交給那個落魄的老大！」說完疾步走出會客室了。

比自尊心更重要的信念，包括了在大阪開啟新的二手車交易事業，也包括了幫明美支付龐大的醫藥費。進而得知了明美其實本名森井博美，是長崎人。再進一步連繫到長崎有最先進的臉部燒傷治療發展，因為核爆提供了最多又最迫切的病例。他陪著森井博美回長崎就醫，自己心裡明白這趟旅程必定演變成和博美之間的一段婚外情，但已經不可能克制了。

但熊吾沒有預期的，是在旅程中得知了博美的奇特身世。博美對長大的家鄉幾乎沒有任何留戀感情，唯一想去的地方，是長崎的俄羅斯人墓園。那墓園裡埋著的，主要是日俄戰爭最後決戰——對馬海峽戰役中參戰的俄羅斯海軍官兵。俄羅斯的波羅的海艦隊敗戰投降，還能航行的軍艦都駛入長崎的佐世保港，艦上死亡的屍體，還有一部分傷勢過重救治無效的，就被埋在那座特殊的墓園裡。

博美的祖父葬在長崎俄羅斯人墓園裡，是一九一〇年在日本去世的。

熊吾心想，明治末期葬身在日本這塊土地的，十之八九應該是波羅的海艦隊的士兵。他不知道這個馬卡爾．薩摩洛夫在海軍中擔任什麼階級，但很納悶他為什麼不回到自己的祖國，為何在長崎和日本女人生下孩子，在日本去世，在日本埋骨。

博美……也不知道，不過她對這個馬卡爾．薩摩洛夫有種莫名而特殊的情感。

從博美埋骨在日本的俄羅斯祖父，熊吾無可避免聯想到另外一些死在異鄉的人：

「野草綠莽莽／試問該所為何地／原是焚屍處……」

熊吾邊吟誦著種田山頭火的俳句邊拔著草，突然喊出他那戰死在滿州荒野的部下的名字。當時，身為部隊長的松坂熊吾有十八名部下喪生。

「梅岡、津田、島津、橫井、久保田、松田……」

他們的遺體沒能搬回來，只好草草埋在戰場上。

熊吾在俄羅斯人墓園除草的同時，突然有種錯覺，自己彷彿是在幫那些含冤埋身異國部下們的墳墓打掃。

第三章
庶民奮力與沉淪——讀〈泥河〉、〈道頓崛川〉

底層小人物的拚鬥

宮本輝在《流轉之海》系列小說中並沒有清楚交代博美的祖父到底怎麼留在日本，博美又為什麼會對從未謀面的祖父產生特殊的感情。這正是宮本輝的寫作風格，也是他的作品能產生感染力的主要理由，雖然寫入了許多歷史細節，細節引發出許多懸疑，然而他始終節制自覺，並且在小說中明確堅持：知識、訊息不是最重要的，感情才是，而寫實的重點之一也就在於人必須面對許多生命中的迷疑，你很想得到答案，卻不會因為對你很重要、因為你如此渴望，就一定能得到答案。推理小說以解決懸疑為目標，然而保有懸疑卻經常反而才更能讓讀者有共鳴。

博美是流連在大阪後街的底層女子，甚至弄不清楚自己的身世來歷，然而我們清楚、強烈地感受到她的自然品德與自尊心。宮本輝經常在小說中凸顯這樣的女子，將她們寫成戰後生活搏鬥中的勇敢亮點。

宮本輝的出道之作，是一九七七年發表的〈泥河〉，為他贏得了「太宰治獎」，並且在一九八一年改編為獨立製片電影。小說寫的是信雄的成長啟蒙故事，從他們家旁邊的安治川上停泊了一艘船屋，他認識了住在船上的少年開始。

那同樣是戰爭結束後的荒敗時代，信雄的父親會在酒後說：

「真的！那個時候差一點就死掉，要是死了，現在就沒有一個傢伙在這裡講以前如何如何了。部隊裡只有兩個人活下來。當我踏上日本土地時，不禁高呼我真幸福！儘管我對任何事情都厭煩了，光是還活著這件事，就令我覺得無比的幸福。……

「每當在夕陽下烤著金鍔燒時啊，不由得便想起滿洲的夏天。在那場戰爭中，我為什麼沒有死呢？……為什麼還活著呢？……有時候我常會突然這麼想。……當時還有一個沒死的同伴，一個叫做村岡的傢伙。他老家在和歌山，有兩個小孩了。槍林彈雨中他連一點擦傷都沒有，卻在復員後三個月左右墜崖而死。不過就從五尺高的地方掉下去，竟也掛得很乾脆。歷經無數次九死一生的遭遇，好不容易求得一線生機，終於回到魂縈夢牽的祖國，不料卻以事與願違的方式結束一生……

「大戰結束後大約兩年左右，我在天王寺的夜市裡，遇見一位曾經是神風特攻隊的青年，拿著一口日本刀到處亂砍。……你這個壞傢伙！日本戰敗了！戰敗了！你們這些壞傢伙還為戰敗而悔恨不已！什麼神風特攻隊，完全是騙人的，神風特攻隊出來呀，到大家的面前來呀——那小子一邊哭一邊喊著一些聽不懂的話。傻瓜，對那些只憑著一張明信片就和妻兒硬生生分離、趕往部隊報到的傢伙，這不是勝利或失敗，這只是生與死的問題呀！他一說到這裡，我突然想起村岡的事，當時淚水一發不可收拾……」

八歲的信雄卻有自己的生與死的啟蒙。小說一開始他遇到了一位和父親同樣是從戰爭中九死一生難得活著回來的男子，回憶著自己曾經五分鐘失去呼吸與心跳的經驗，還記得在那當下只知道身體一直朝黑暗的地方沉下去，突然看見好像蝴蝶的東西在眼前飛舞，連忙用手去抓，就在抓的那一瞬間醒來了。

剛說完這段往事，男子牽著馬的轠繩拉車走上坡，因為載得太重了，馬拉不動，男子於是繞到馬車後面用力幫忙推車子。突然之間，馬蹄在因天熱而融軟的瀝青上打滑了，男子被突然倒退的馬車撞倒，墊在滿載鐵屑的馬車底下，先是後輪壓過他的腹部，接著是前輪彎過來壓過胸部與頭，再下來是拚命掙扎但不住下滑的馬蹄將男子全身都踩碎了。

死亡可以來得如此不測如此突兀。

〈泥河〉的船屋生活

喜一的父親也死在戰場上，喜一在信雄家裡唱了讓曾經到過滿洲戰場的信雄父親大受感動的歌：「遠離祖國數百里／紅紅夕陽／映照滿洲／朋友站在原野盡頭的大石下／……／一天的戰鬥結束了／在黑暗中搜尋的心／暗暗祈禱　請活下去／請活在人世」。

但這首歌並不是從父親那裡學來的，喜一對父親幾乎全無印象了。歌是在中之島公園一位傷兵叔叔教他的。他們家的船一度停在那裡，但很快被趕走了，管理公園的人說河也算在公園內，所以逼他們將船移開。

信雄也得到了生之欲望的啟蒙。那是船上男孩喜一的母親，看在信雄的眼中，烏亮的頭髮梳得整整齊齊，挽了個髻在腦後，年紀比信雄自己的母親年輕得多，倚在疊好的棉被堆上凝望著信雄。

> 汗水順著喜一母親披散的鬢髮從太陽穴滴落下來，信雄深為此光景著迷。蒼白、未上妝的臉龐看在信雄眼中美極了。
>
> 纖細的頸子、白蠟般的胸脯微微沁出汗珠。而外面天氣相當涼爽，河風徐徐不斷吹來，鉛灰多雲的天空變化頻頻，映得河面也呈現茶褐色。

房間內總覺得瀰漫著一種不可思議的香味，一股細密的汗水與她體內悄然釋放出的倦意混合而成嬌媚女性特有的氣息。信雄自己沒想太多，但這股氣息中潛藏的某種痛楚卻弄得他喘不過氣。剎那之間，信雄再也靜不下心來。同時，心中又生起一種渴望，希望就這樣一直坐在這位母親的身旁。

然而使得信雄如此動心的少婦，卻是別人口中的「野妓」。原來沒有父親的一家三口，過著最卑微的生活，沒有可以定居的房子，只能住在小小船上，靠母親接客來賺取最基本的生活。而信雄早熟地感受到的欲望誘惑，一部分也正來自於喜一母親所從事的工作，在她身上逼激出汗水與倦意混合、極度女性化的氣息。

大人告誡信雄晚上絕對不能到喜一他們的船上，然而在有祭典、放煙火的那夜，信雄忍不住跟著喜一要去看螃蟹巢穴，於是遭遇了幻滅衝擊。他不經意朝喜一母親房間的小窗望去：

喜一母親的臉龐出現在黑暗深處。被藍色斑紋狀的焰光覆蓋的男性背部，像波浪般在她上面起伏不停。對岸幽微的燈火光影投入房間交織成條紋圖案。信雄定睛看著她的臉龐，而那雙絲線般細長的眼睛眨也不眨地也回看信雄。藍斑的焰光隨著一聲聲細微的呻吟起伏得更加激烈。

信雄全身突然豎起雞皮疙瘩。他迅速從船舷退回，退到喜一姊弟房間的那一刻，陡然放聲大哭。他一邊搜尋著姊弟的身影，一邊哭得幾乎響遍了整個河畔。

信雄發覺姊弟倆始終站在房間的角落處，黝黑的身影動也不動地俯看自己，而他一面哭一面摸索著穿上鞋子，搖搖晃晃地走過踏板，爬上小路。煙火還持續綻放著。

少女的自尊與自卑

傅月庵曾將「河川三部曲」歸為「寫了便死而無悔」等級的神品，如果將這幾篇小說屬於宮本輝最早期的作品納入考慮，那麼這樣的評價、支撐評價的小說品質，更是驚人。

〈泥河〉確實一點都不像出自才剛立志要當小說家的作者之手，約莫短中篇的篇幅以緊密得令人讚嘆的方式編造塑型。開場馬車上不了車壓死人的慘劇，現場留著馬車和原本負載的鐵屑，颱風天裡信雄卻看見一個沒撐傘的小孩立在馬車邊。出於好奇，也出於不能允許有人偷死者遺物的義憤，他出門認識了剛隨著船搬過來的喜一。

然後習慣生活在河上的喜一突然指引信雄看見了河中一條淡墨色的巨大鯉魚，並告訴信雄那是不能讓別人知道的鯉魚精。

信雄好奇接近船屋，被喜一發現了，難為情之間編了謊言說又見到了鯉魚精，喜一大感興奮，同時表現了對鄰居一對雙胞胎兄弟和信雄同樣的厭惡感受，進一步拉近了兩人。

信雄真的到了船上，認識了喜一的姊姊銀子。信雄不小心踏入岸邊泥濘中，於是第一次見面的少女就替信雄洗腳：

少女細心地清洗信雄的腳。水用完了便走入船內舀水來。少年在一旁汲取河水來清洗帆布鞋。信雄茫然遠眺順流漂來的西瓜皮，伸出腿任憑少女處理。雖然坐在大太陽下冒出不少汗，但身體卻升起陣陣寒意，信雄心想晚上大概又要發燒了。

少女一一掰開信雄的腳趾頭沖水，水花四散飛濺。舒服極了，但又深感難為情，頻頻大幅度扭動身體，每當信雄扭捏不安時，少女總是報以一笑，信雄斜睇少女的笑靨。

很明顯的，銀子和喜一雖然年紀小，已經對家中境況有了相當的了解，抱持著自卑態度，很渴望能夠交到朋友，又很難和別人平等相待。雖然信雄家也不過是開餐館賣烏龍麵和金鍔燒的，但比起最底層的喜一家卻已經高得多了。信雄是家中獨子，母親一直很想也能養一個女兒，因而盛情款待了喜一和銀子。

信雄的媽媽特別打扮了銀子，給她穿上簇新的花衣裳，頭上戴著紅色的髮飾。信雄的爸爸開心地說：「伯母把妳打扮成一個漂亮的洋娃娃了。」然而：

大家聽了都笑起來，唯獨銀子仍保持一貫的表情。她將身上的衣物匆匆褪下，摺疊得整整齊齊遞還給貞子。捕蠅紙的影子搖落在銀子僅著一件內衣、瘦弱的身體上。

「怎麼啦？伯母要將這衣服送給銀子啊！」

銀子默不答腔，將視線自衣服上移開，身子僵硬地佇在當地。貞子見狀也不再勉強。「那麼，就收下這枚髮飾吧，可以嗎？」

但是銀子連髮飾也無意接受。

一個自卑低調，卻有著堅決自尊心，令人心疼的女孩。

少年與雛鳥

弟弟喜一也有他的自尊心，也有他令人心疼之處。

喜一和信雄在昭和橋上發現了一隻滿身泥巴的雛鴿，是從拱門上母鴿身邊掉下來的，兩人想要趕緊將小鳥送上去，這樣奄奄一息的小鳥也許還有機會能活下去。卻在這時遇到了兩人都討厭的雙胞胎兄弟，他們堅持拱門上的鴿子是他們家以前養的，既然那是從他們家逃走的鴿子生的小鳥，那也就是他們的，一定要喜一交出來。

喜一抱著小鳥想逃，被雙胞胎抓住，他們兩個打一個，口中還不客氣地說：「你媽媽是個野妓！像你們這樣的人在這裡出現，真是教人倒大楣。」憤怒中，

喜一向後倒退了兩步，淌著鼻血的臉孔皺成一團，突然將手伸至兩兄弟面前，而後用力一捏手掌中的雛鳥，雛鳥微弱地哀叫一聲就死掉了。

……一時之間兩兄弟不知所措呆立在原地，喜一瞄準他們的光頭將雛鳥丟過去。雛鳥的屍體打中哥哥的頭，只聽他發出一聲慘叫，往下游一帶逃去，而弟弟則稍遲往相反方向跑走。

在現場的信雄快快然將雛鳥的屍體撿起來，靠著欄杆本來想丟到河裡去，看到暗夜中的河，看到被層層泡沫圍繞著、感覺上好像被擠在河川角落的喜一家船屋，他突然想起喜一媽媽默然坐在梳妝台前的瘦弱身軀，還有她散發出在身邊空氣裡的不可思議的香味。

於是信雄哭了起來，明明被打被踢的都是喜一，卻是信雄止不住哭泣。

……信雄自己也不明白為什麼要哭。不是因為喜一被欺負、輕視而悲哀，也不是為了喜一弄死雛鳥而悲哀，而是種原因不明而且無處安身般的深深悲哀在體內流竄。

信雄將雛鳥的屍體放進口袋裡，獨自一人回家去，而喜一的視線如芒刺在背。

溫手的米櫃

小說的高潮發生在熱鬧的天神祭中。應該最是歡樂的日子，卻遇到了信雄的母親貞子氣喘發作，店裡無法做生意，而且他父親藉機又提起了離開大阪搬到新潟的想法，認為那樣妻子也可以養病，卻惹得不願離開大阪的貞子更加生氣又傷心。

信雄發現原本預期祭典日店內會最忙，特別來幫忙的銀子蹲在廚房裡，銀子教信雄將雙手放進米櫃裡，說：「冬天的時候，只有米是溫暖的。我媽媽常說：『將手放進裝滿米的米櫃中暖手，那是最幸福的時刻。』」

信雄試著將手插入米櫃直淹到手肘的深度，卻一點都不覺得溫暖，反而覺得本來熱熱的手在米粒中愈來愈冷。他凝視著銀子和母親截然不同，有著雙眼皮的大眼睛，覺得銀子比附近任何一個女孩都美，信雄靠近銀子的身邊，似乎聞到銀子的體內也散發出和她媽媽相似的香味。

於是信雄脫口而出說：「我的腳又弄髒了……」

他懷念第一次見面時銀子幫他洗腳的感覺，在銀子身邊，他的心那麼熱，放進米櫃的手反而在米中變冷了，更重要的，他無從體會銀子母女共感的那種幸福，因為那不完全來自表層的皮膚，而是冬天米櫃裡能裝滿米帶來的深層安全安心。

母親臥病在家，信雄的父親只好給了一點錢，讓小孩自己去天神神社玩。信雄將錢都交給喜一，因為喜一生平第一次帶著錢去參加祭典，興奮得每隔一會兒就停下腳步攤開手掌看錢，不敢相信自己手中真的有錢。

他們說好了要將錢都放在一起可以買火箭炮。然而走到賣鞭炮的攤子之前，喜一將錢放進口袋裡，沒注意到口袋有洞，在擁擠人群中銅板都掉出來不見了。這讓兩個小孩都傷心沮喪到了極點。

他們還是去攤販那裡看了火箭炮，之後喜一將信雄帶到避開人潮的小巷，掀開衣服，露出夾帶在褲腰間的一個火箭炮。那是喜一特別偷來要給信雄的。然而信雄無法接受，沒有防備下，他對著喜一激動地喊：「小偷、小偷、小偷！」一邊喊一邊跑入人潮中，喜一在他身後追著，哭著說：「對不起！對不起！我不再偷東西了，從今以後我絕對不偷東西了，不要那樣說嘛，不要那樣叫我！」

這個經驗也將信雄帶回第一次見到喜一的情況。颱風要來的清晨，父母都還在睡覺，信雄看到一個沒撐傘的孩子站在之前發生意外壓死人的馬車邊，彷彿意識到那人在打什麼主意，所以不顧天氣走到路上，以讓自己都嚇一跳的高亢聲音問：「你要幹什麼？」

站在那裡的喜一回過頭來，臉上都是水滴，說：「這鐵，可以賣很好的價錢……」

信雄生氣地說：「不行！這是那個人的東西，你不能偷！」喜一又笑著回說：「我知道，我不是要偷……」

極度貧窮匱乏的生活，塑造了喜一打量算計馬車上看似無主鐵砂的行為模式，也塑造了他在失去了銅板後訴諸偷竊的動機，那是和家境小康的信雄最大的差距，無論兩人多麼親近都無法真正改變的。

燃燒的螃蟹

在窘迫中，為了討好信雄，喜一說：「有個螃蟹的巢穴喔！是我的寶藏，只給小雄一個人看。」信雄被這祕密吸引了，才違背了大人的誡命，在晚上前往船屋。喜一從船上小窗外拔起一根插在淺灘中的竹竿，上面真的爬滿了螃蟹。

但就在這時候，信雄聽到了從喜一媽媽房裡傳來的怪異聲音，他本能地產生的恐懼與厭惡之感，於是又提起要回去了。喜一以為連螃蟹巢穴都不足以讓信雄消除對自己的不滿，情急地一定要想留住這個難得的朋友，於是加碼表演了「火燒螃蟹」的驚人戲碼。

他將螃蟹泡在油裡，讓牠們喝很多油，再將牠們排起來，然後點上火，船上霎時間散布了好幾個發出藍焰的火塊。

有的螃蟹一動也不動直待火焰燒浸，有的則舉著火四處亂竄。藍色的小火焰不斷發出惡臭，同時螃蟹的身軀也不斷發出某種奇怪的聲音。火焰燃盡後，螃蟹的殘軀內還蹦出細細的火花，很像是線香煙火掉落在地面上的火星。

「很漂亮吧？」

「……嗯。」信雄的膝蓋開始打顫，恐懼從體內竄升上來。信雄幼小的心靈也感受到喜一的舉止異常。眼前的螃蟹還燃燒著。喜一搖動竹掃帚，又取出數隻螃蟹浸在油中，而後像著魔似地一一點上火。

天神祭過後，信雄的父親找到了房屋買主，真的決定搬到新潟鄉下去；而喜一他們家的船屋也不能一直留在同一個地方太久，被要求駛離了。

信雄不知該如何去道別，一直到船屋穿過橋底，他才彷彿大夢初醒跑到橋正中央，向腳下的船屋大叫：「阿喜——」然而船屋上的窗戶都關得緊緊的，沒有任何動靜回應。

信雄在岸邊跟著河中行駛的船屋跑了好長一段路，刻意先跑到有橋的地方，站到橋上，等船屋經過橋下時大叫：「阿喜，阿喜，阿喜——」但仍然沒有能讓喜一或銀子或他們的媽媽現身。

突然間，信雄發現船屋後面捲起的波濤中，有個渾圓發光的物體在慢慢打轉。信雄意識到了，那不就是兩人相遇的颱風天，喜一指給他看的鯉魚精？信雄拚命大喊：「鯉魚精哪！阿喜，鯉魚精出現了——」

對信雄來說，在這一刻，自己一家人要搬去新潟的事，要和喜一道別的事，都不重要了。心理就只想著，無論如何也要讓喜一知道船後有鯉魚精。

「阿喜，阿喜，鯉魚精出來了，真的出來了。」

信雄半哭泣著，氣喘吁吁，汗水直滴到眼裡，猶在炙熱的太陽下而不捨地奔跑著。

鯉魚精出現了，他一定要讓喜一知道，僅僅為了這一點，信雄順著河邊追逐著船屋往上跑。但是，船屋的窗戶仍然緊閉，如同無人的小舟一般寂靜，在耀眼的河中央幽幽前進。

當信雄猛然醒悟過來，不知何時，河畔盡是鋼筋水泥大樓。此處對信雄而言是從不曾涉足過，陌生的他鄉。……

〈道頓堀川〉的大阪夜色

宮本輝在日本文壇出現，帶著幾分傳奇色彩。一九七七年發表了處女作〈泥河〉就立即獲頒太宰治獎，第二年發表〈螢川〉，又得到了地位更高的芥川獎。桶谷秀昭留下的印象記錄：

……這位新人就憑一篇著作登上了文壇。……這位新人謙恭有禮的說話態度，令人深深覺得，他作品的風格就和他個人的性格相當相襯。……概括來說，這篇〈泥河〉

> 沒有一點虛張聲勢、耍花招之處，文字猶如渾金璞玉一般堅實，令人認為難以獲得新人賞的優勝。不過，這篇小說確實有令讀者刻骨銘心、難以忘懷的感觸，文中描述的風景都有暗示的寓意。……

桶谷秀昭特別對比地提到了當年獲得太宰治獎佳作的一位作家，「風格不脫趨向現代風的搖滾調」，那才是符合新流行浪潮的寫法，顯示宮本輝的老式老派。老式老派逆反潮流，小說作品也許容易讀，卻不容易討好。但從一開始，宮本輝就靠著扎扎實實的小說敘事讓即使是高度期待新寫法、新內容的讀者與文評家，都不得不承認被他吸引、被他感動。

在「河川三部曲」的第三部〈道頓堀川〉中，宮本輝透過其中一位主角武內的眼光觀察另一位主角邦彥：

> ……在那張年輕的臉上，有著濃眉大眼及挺直的鼻樑，五官清秀，但似乎缺少了一點什麼東西。武內認為缺的或許正是青春氣息：年過半百之後，他終於明白青春氣息

是什麼。青春氣息就是一種豐盈的感覺。武內在道頓堀所認識的友人之中，大多數具有一種共同的特質，那就是容貌中帶有一種與生俱來的貧乏之相。具有此種貧乏之相的人註定會遭自己所愛的人遺棄，也註定會遭友人所害而陷於不幸。而且不論願不願意，這些人註定會碰在一起而共同沉淪……

帶有這種共同特性的人們齊聚在道頓堀川一起沉淪，那是大阪夜生活最熱鬧的地方，有著五光十彩的夜景。

……河上面沒有亮光，看上去好似一條通往鬧區的深邃街道，繞過一座座橋，一直延伸到遠處的高樓大廈。河中浮著一些長滿青苔的大圓木，望之好似散置在路上的黑色岩石。路的盡頭浮現出一幅方形銀幕，銀幕上閃爍出七彩燈光。

邦彥首次意識到彼處正是自己生活的地方，自己就生活在那寂靜但五光十彩的紅塵中。

在這裡的每一個人都是身心漂泊不定的，和家庭、親人正常連結斷裂開來，在各種娛樂歡場中和其他人接觸，反而建立了更深刻的依賴與背叛關係。這是宮本輝小說中特殊的庶民性，也是他給予故事中庶民角色濃厚抒情色彩的方式，他們的孤獨哀傷是如此真切，因而如此感人。

另外也顯現了宮本輝小說寫景的特殊技法，精細選擇事件發生的地點，不露痕跡地將人物感情與情境融會在一起。他的道頓堀川在夜裡映照出遠比實際色彩更加華麗的虛像，但在陽光底下則恢復了緩慢蠕動的黑色爛泥大溝原貌，川上的橋讓人站在上面眺望，偶爾前瞻未來，更多時候是逼自己看到了不堪回首的過去。

大阪庶民的魅力

〈道頓堀川〉寫的不只是庶民，而且是大阪的庶民。大阪的歷史性格構成了宮本輝小說的特殊底色。

在《陰翳的日本美：楊照談谷崎潤一郎》書中第二章，我比較仔細地介紹了日本歷史上關東與關西的恩怨糾結，也解釋了「京阪神」這三座關西城市間的另一種複雜情結。簡化地說，大阪經歷了多次多重的挫折與失落，因而成為一個相對面目模糊的商業城市。

大阪城是由豐臣秀吉在石山本願寺舊址建造起來的，為豐臣政權的大本營，卻在秀吉死後很快就在「冬之陣」與「夏之陣」兩度敗於德川家康，經歷了一次大失落，日本幕府的中心便移轉到關東的江戶去了。

不過畢竟天皇還在京都，象徵性的文化權威保留在關西，十九世紀的巨變——倒幕勤王活動還是以京都為主要的舞台。然而倒幕成功後，權力回歸天皇，卻在現實統治考量下，天皇離開了京都，移去由原本江戶改名的東京。於是大阪隨著整個關西又經歷了另一次大失落。

關東與關西的對抗中，大阪的地位最為尷尬，因為其商業性質與東京重疊，卻不只缺乏東京的政治份量，而且在商業規模上始終落居東京之後。京都有傳統文化，神戶有長期和外國人互動的特殊異人文化，足以在東京之外保有自尊，大阪都沒有，於是不只對東京低了一層，對京都、神戶也低了一層。

谷崎潤一郎寫《細雪》，記錄了大阪人的一種不甘心，試圖要建立自身的家風，呈現關西式的細膩優雅。然而那樣的追求畢竟缺乏深厚基礎，到了戰後，舊有秩序徹底瓦解，在試圖藉重建經濟讓日本在站起來的過程中，大阪人拋棄了原本僅有的一點外表矜持，發展成了全日本最世俗、也最庶民的一座城市。

江戶的商業發展，留下了「浮世繪」，那是從「浮世」與「渡世」觀念而來的繪畫，離開了從中國傳來的「南畫」，也就是文人畫風格，轉而以寫實方式表現各行各業的人、各行各業的活動。其背後，顯現了一份對於這些商業活動的好奇興趣，從中生出一種美學與一種文化態度。

作為商業城市，大阪卻沒有浮世繪，也沒有相應的文化。這座城市累積了相當的挫折感與自卑感，和現代日本第二大城的地位很不相稱。像是日本職棒球賽中，對於球隊能夠封王奪冠，反應最激烈、近乎瘋狂的就是阪神虎隊的球迷。虎隊封王的那天夜晚，一定會有大批球迷男男女女齊聚到道頓堀川鬧區，又叫又笑地從跨越河川的一座座橋上跳入汙濁的河水中。

最有傳統，實力也最強的東京巨人隊當然也有很多熱情球迷，但他們無論如何不可能如此瘋狂，因為他們對於透過球隊表現來支撐對城市的肯定、支持，沒有那種程度的需求。

在宮本輝的小說中成功地塑造了一種「大阪庶民的魅力」，給予了大阪居民，尤其是後街底層生活一份難得的風情，抬高了這些以「風俗店」為核心的城市景觀的地位，增添了其中的人情冷暖魅力。

日光下的黑色爛泥大溝

〈道頓堀川〉的時空背景是一九六九年的大阪鬧區，但刻意選擇了白天中走在街道的一條三腳狗開啟敘述。

……三腳狗從南往北過了橋之後，停下腳步回頭張望。橋兩旁的欄杆上掛著許多殘破斑駁的海報，橋畔的陰暗角落飄落出由小便及嘔吐物混雜而成的溼臭味道。在鬧街的陰影下，道頓堀川以近乎靜止的緩慢速度向西蠕動，河面上灑落著幾絲秋天的早晨陽光。

這樣的早晨和剛結束的夜晚形成強烈對比：

每當夜晚來臨時，這一帶會點燃起五光十彩的燈火，而道頓堀川也霎時幻化成一面攝魂的黑色魔鏡，將周圍眾生相的虛無、倦怠、情欲及野心等雜質盡皆濾除，而在鏡面上映照出遠比實際色彩更加華麗的虛像。然而，在陽光底下，它便又恢復了緩慢蠕動的黑色爛泥大溝原貌。

讀完全篇再回頭看，我們不得不驚訝佩服宮本輝的嚴整筆法，如此自然地已經在開頭的兩段標示了〈道頓堀川〉的內容：只有在黑夜才顯現的華麗虛像底下，活著一些其實是受傷淪落在黑色爛泥大溝般命運中的人，一旦放在陽光下，便顯現出三腳狗似的狼狽。他們的虛無、倦怠、情慾、野心構成了這部小說的情節，而且就是以虛無、倦怠、情慾、野心如此確切的順序鋪陳開來，宮本輝帶我們穿透黑色魔鏡，看到了背後的眾生相，然而到小說終了時，神奇地，我們被說服、被感動了，知覺並承認充滿虛無、倦怠、情欲、野心的狼狽眾生相，比濾除這些之後的霓彩炫麗，反而更有魅力更迷人。

宮本輝的嚴整筆法也表現在敘述結構上，由三腳狗開始，小說最終也結束在三腳狗，更在其間讓三腳狗引動了一段最濃烈的情欲。第五章中三腳狗走失了，狗主人町子慌張央求邦彥陪她一起去找。在路上：

> 邦彥望著町子的臉發出驚訝聲，接著說：「今天妳的眉毛比平常細呢！我現在才發現。」像線一般細的人工眉毛旁邊，剃掉的痕跡特別明顯。
>
> 「看起來會很怪嗎？」町子用雙手遮住眉毛，仰臉望著邦彥又說：「我今天畫眉畫得不順……最近常會這樣。」

「町子大姊今年幾歲呢？」

「不可以問這種事哪！我跟你年紀一樣大喔！」

兩人並肩走在九郎右衛門町的街道上，各式各樣寫著「河豚」、「雞肉火鍋」、「螃蟹火鍋」等的大招牌在頭頂閃爍，空氣中漂浮著鬧街特有的腥臭味，而一股淡淡白檀香氣則從穿著絲綢和服的町子身上散發出來。

「其實我比你大八歲啦！」町子吐著舌頭說，緊接著又說：「還要再加三歲！」

邦彥聞言不禁笑出聲來。町子仰著娃娃臉說：「這是我第一次見到你笑出聲音，平常你都是一副莫測高深的表情呢！」

由此啟動了兩人間比平常親近的互動。町子說：「這是我第一次和年輕男人這樣散步。」邦彥的心情卻好像是在跟一個年紀比自己小得多的少女說話，年齡差距的藩籬被自然地拆解了。

情境也從尋找三腳狗「小太郎」變成了漫無目的地散步，一直走到遠離鬧區的幸橋，黑暗中看著五光十色的霓虹幻影，町子將身體靠向邦彥，或許只是無意中仰起頭來，卻和邦彥俯視的臉孔碰在一起。邦彥的唇邊留下了口紅的香味。

起起落落的生命經歷

〈道頓堀川〉以邦彥和武內為主要的視角，而這兩個人各自有他們的虛無、倦怠，也有他們各自變得虛無、倦怠的生命歷程。

邦彥是孤兒，初中時喪父，十九歲喪母，孤伶伶一個人過活，一邊在大學念書，一邊找到了在武內開的咖啡館服務的工作，就住在咖啡館的樓上。他唸的是昂貴的私立大學，三年前去世的母親辛苦存錢堅持他一定要念大學，現在無論如何他也得自力更生熬完大學。然而對於大學畢業後的未來，他完全沒有準備、也沒有想像，以這樣的現實條件，他總覺得成大業啦、立大志啦，都是和自己生活在不同世界的人說的話。

已入中年，兒子都和邦彥年齡相仿的武內，有很複雜的過去。他曾經是這大阪鬧區暗黑世界裡的名人，以擅長打撞球聞名。

武內戰爭中被派到菲律賓，一九四六年才遣返日本，先在神戶做黑市買賣，然後搬回道頓堀。

> 當時的大阪是瘡痍滿目的景象，只有御堂筋的街旁殘存著一些磚樓，其餘都是斷垣殘壁。然而，沒多久便有簡陋的木板屋在四處搭蓋起來，倖存者憑著不可思議的求生意志在荒蕪中重建家園，而道頓堀一帶很快便聚集了大群懷著夢想、欲望及野心的各路人馬。
>
> 黑市中人滿為患，食物的香味、熱氣夾雜著此起彼落的叫賣聲，任何一個小吃攤子上都擠滿了人潮。很多人只要聞到食物的味道或看到鍋子往上冒的熱氣，不管三七二十一就湊上前去。

武內也是這樣的「倖存者」，混跡道頓堀賣起內衣、日用品與皮鞋，並且認識了戰爭中喪夫的寡婦鈴子，兩人有了兒子而舉行了簡單的婚禮。在這短短的幾年間，大阪道頓堀有了新的面貌：

戰前的老店鋪再度陸續回到道頓堀、心齋橋筋一帶開業。靠黑市買賣、新興事業暴富的台灣人及朝鮮人等，也開始在這裡開起店面。邁入昭和二十四年後，南區各街道便急速回復了昔日的繁華風貌。

此時在道頓堀及千日前，新開了幾間彈子房。武內鐵男從十二歲起便學得一身撞球好本事，在戰前和戰中，曾以「旋球阿鐵」的綽號而聞名於神戶、京都一帶，但解甲歸田後，卻金盆洗手當起毫不相干的雜貨店老闆。他原本無意再握球桿，但聽聞日益興盛的撞球界消息後，又起了一股下場當消遣一玩的衝動，所以偷空到一間彈子房瞧看情況。

看著看著遇到了舊友吉岡，主動提議幫他牽線和球友對賭。靠著高超的技術控制局面，先故意讓對方贏兩、三局，等賭金提高到一定程度，再假裝僥倖險勝。結果光是那一天，武內就在彈子房贏了大約雜貨店五個月收益的賭金！他當然就沉陷進去了，持續和吉岡搭檔，吉岡賺了足以在千日前鬧區後巷開設自己的彈子房的錢。

武內當然也賺了很多，但卻也賠了很多，沉迷於撞球賭局以至於賠掉了妻子，連才兩歲的兒子政夫也不見了。鈴子捲走了雜貨店營收及全部積蓄和一個算命師杉山跑了。

水瓶與愛戀

鈴子後來和杉山分手，透過吉岡的協助、調和，回到武內身邊。重聚那天，武內發洩怒氣在鈴子的肚子上狠狠踹了一腳，鈴子痛得用手按住肚子跪倒在地，但隨即挺直上身，用上牙緊咬下唇，表現出一副願意再承受一踢的覺悟。武內不得不接受鈴子這種狂熱的個性，愛一個男人會瘋狂地愛，要回來也會不惜死在武內的手中。

他重新接受了鈴子，但不久之後鈴子有了腎臟病，四年後才三十九歲就死了。武內一直認為是自己那一踢踢死了鈴子，有著無法排解的自責。

鈴子回來的那段時間，一家人到京都賞花，在知恩院內廣場吃便當：

> 院內的櫻花燦爛盛開，微風及和煦的陽光令武內覺得懶洋洋，同時對以往的生活方式感到極度厭倦，總覺得不能將一生全耗在無止境的賭博和遊樂之中。菸味瀰漫的彈子房中的喧嘩聲、勝負拚搏的緊張與陶醉感，在此時都變成了一種無聊的玩意。
>
> 出了知恩院，沿著市內電車的路線步行，在路旁有家飲茶室，三人坐下來吃草餅。鈴子的身影突然消失了，武內四處張望，才發現她站在飲茶室隔壁的一間骨董店門前往櫥窗中直瞧。從飲茶室中武內的座位上望過去，正好可以見到鈴子的側臉灑滿了春天的陽光。
>
> 鈴子的雙手放在玻璃櫥窗上，入神地瞧著裡面，武內感覺到鈴子的眼神似乎透著些異樣。他將政夫留在店中，獨自悄悄地走到鈴子的背後。櫥窗中陳列著一只翡翠色的水瓶，纖細得幾乎隨時會斷裂的長脖子散發出淡淡的色彩，與之連接的是圓圓大大的瓶

身，脖子與瓶身之間的曲線美得令人目眩。

然而，引起武內注意的倒非水瓶，而是鈴子盯著水瓶時的那種眼神，那眼神中充滿柔情，好似正在迎接一位從遠方歸來的愛人。

鈴子表達了對那水瓶的想像——「真希望能拿它當擺飾，然後開一家能與它相襯的咖啡店。」就衝著鈴子的深情眼神與她的夢想，武內買下了水瓶當作「洗手歸隱的紀念品」，半年之後開了名叫「河川」的咖啡館，也就是邦彥任職的地方。在那間咖啡館裡：

……店內的中央有一桃花心木的擺飾台，經常布置著繁麗的鮮花，依照日子的不同，有時是玫瑰，有時是百合，有時則是延命菊。每次都是將單一種類的花盡情插滿在大型花器中，每隔兩、三天便毫不吝惜地加以更換。

牆壁上有一方型的孔穴，擺設著一支小小的琉璃水瓶，呈現出令人著迷的優美曲線造型。除了這支琉璃水瓶外，壁穴內別無其他任何擺飾。滿室生香的花飾與造型優美的琉璃水瓶正象徵著武內鐵男為這間店付出的心血……

也象徵著他對死去的鈴子的懷念，而且構成了這家咖啡館吸引客人的特色。

撞球間的勝負

鈴子死後守著咖啡館，那是武內的虛無、倦怠生命情調，然而在他身邊另外圍繞著帶有強烈情欲與野心的人。

武內鐵男洗手歸隱，經營以鮮花和漂亮琉璃水瓶為特色，提供讓許多特種行業女子上班前聚集歇息的咖啡館，他的兒子政夫卻不顧父親的反對，一頭栽入撞球賭賽中，甚至常常不回家不和父親見面互動。

政夫和邦彥的關係比和父親還更親密些。他來找邦彥請託一件特別的事，要邦彥當比賽見證人，見證他對一位公認大阪好手挑戰的比賽。在一間咖啡店暗門後面的彈子間裡政夫挑戰這個姓渡邊的高手。

男子的嘴上叼著一根菸，一屁股坐在椅子上，邊說邊用眼角餘光瞄著邦彥。政夫同樣也叼著香菸，皺著眉頭在男子的面前坐下，擺出流氓的架式，大剌剌地說：「一局決勝負吧！我身上帶著大把鈔票呢！」

那真是一大疊鈔票，看了之後渡邊都忍不住說：「用這一大疊賭一局？小老弟很帶種！」兩人展開了「三顆星」球局，從邦彥的眼中看到的：

在微暗的地下室中，球檯上的綠色絨布顯得很搶眼，球和球撞擊的聲響以及兩位與賽者繞檯走動的腳步聲此起彼落。球檯上的兩顆白球，好像兩隻渾身是血的小動物，在灰暗天空下的大草原竄逃，可是不論逃往哪一方向，都會反彈回來觸碰紅球，一觸之後旋即又逃離而去。正當邦彥以為兩顆白球會全速奔逃之際，不料白球突然動也不動地停了下來。

邦彥盯著三顆象牙球直瞧，感到有一絲寒氣從水泥地板竄升上來，那名年輕人口吐出的煙霧化成若干條白線，朝著抽風扇奔去。

……邦彥將視線從球檯轉移到渡邊的臉上，……這名職業撞球高手雖然一副全神貫注的表情，但從那虛無又帶有幾分自暴自棄的眼光中，邦彥感受到一絲死亡的陰影。他隱約覺得此人必然注定短命，一絲不安沒由來地自心底升起。

就在此時，渡邊的表情由認真轉為懊惱，因為他在緊要關頭犯了失誤，將勝負的關鍵拱手讓給了政夫。政夫深深吸了一口氣，拿起粉塊塗擦著球桿頭，接著陷入一陣長考，最後下定決心擺出了擊球姿勢，出桿之後，白球先擦撞了紅球，接著連碰球檯墊邊三次再碰撞到另一顆白球。渡邊見狀後面無表情地將自己的球桿丟擲在球檯上。

政夫得到了他自己設定的「大阪第一高手」勝利。要離開時，渡邊跟了出來，對政夫說：「我心裡有一種感覺，大概以後再也不可能贏你了。」然後問：「你到底什麼時候變得這麼厲害的呢？」政夫沒有回答。

在明亮的陽光照射下，渡邊的表情並無沮喪之色，也沒有職業郎中該有的那種野性活力，只是那微瞇的眼中似乎隱藏著一抹慘敗後的氣餒。他和政夫間又有了關鍵的對話。渡邊問：「是你的老爸將你調教出來的嗎？」政夫說：「我的老爸從來不曾跟我打過一次撞球。」渡邊似乎別有用意地回應：「那真是太可惜了！你老爸的球技無人能及呢！」

父子的對決

武內是真的從來沒有教兒子打過撞球。然而和他合作多年的吉岡卻告訴邦彥：「阿政的撞球招數就宛如武內鐵男當年的拿手戲呢！」得知這件事，終於刺激武內想要去看政夫打撞球。他和邦彥一起走進了政夫混跡的彈子房。看到了兒子，問了幾句生活上的事，然後告訴兒子：「我是來看你打撞球的。」不過話剛出口，他突然動了不一樣的念頭。

……他坐在長椅上，沉浸在彈子房內的喧鬧聲中，煙霧裊裊飄向天花板，球檯上的球轉起來形成一條線或紅或黃或棕色的軌跡，球相碰的高高低低聲響在八張球檯上此起彼落。球檯周圍的那些球桿好像幾乎就要觸到垂在天花板下的日光燈，沉澱的空氣混雜著低低的說話聲，其中不時傳出些笑聲和叫聲。

……滿室瀰漫的煙霧緩緩地往外擴張，武內突然對政夫開口說：「如果你在撞球檯上輸給我，你肯放棄撞球嗎？」

如此宮本輝設定了〈道頓堀川〉小說中最大的懸疑。收手多年的「球技無人能及」老手，為了阻止兒子繼續混跡江湖固定成「賭徒的嘴臉」，決定和才剛升等為「大阪第一高手」的兒子在球檯上對決。兩人誰會贏呢？

不過兩人在球檯上較量前，先浮上來的卻是感情上的衝擊。

武內將輸贏條件說得更清楚些：「如果你輸了，就必須放棄靠撞球吃飯的想法，今後的事由我替你安排，明白嗎？」兒子政夫陷入沉思，武內看到他那眼神還帶著些純真氣息，而臉部的輪廓則酷似亡母，心中想著：若兒子由自己撫養長大的話，那麼一定不至於像今天這般不學好。

像是洞悉了武內心中的感慨，政夫開口說：「老爸，你根本就是討厭我。你總是用冷淡的眼光看我，跟我打撞球扯不上關係，你討厭的是我這個人。」

這句話衝撞了武內。訂下了父子撞球對決之約後，

武內邊走邊回想政夫剛才所說的話，連自己也不明瞭為什麼會對政夫懷有莫名其妙的疙瘩。

他思前想後也只能找出一個可能的答案，那就是政夫曾跟著鈴子到天草和杉山生活過一段日子，儘管時間很短，儘管政夫當時是個不懂事的幼兒，但仍改變不了這個事實，所以才會在他的心中留下一種根深柢固的恨意。他不禁認為自己太小家子氣，暗自決定，今後要多對政夫付出自己的親情。

雖然心中是這麼決定，但政夫小時候被杉山抱在懷中撒嬌的模樣卻在腦中揮之不

去，就算不曾親眼目睹，政夫終究在二十幾年前背叛過自己。武內邊想著邊嘲笑自己這種怪誕記恨心態。

琉璃水瓶之謎

武內需要的，是和自己心中這種怪誕記恨心態和解，在鈴子死後，要和解就只能通過那個算命師杉山了。

一個咖啡館公休的夜晚，闖進了喝醉了的常客，對武內表白吸引自己習慣到「河川」的理由——維也納咖啡的味道、花和琉璃水瓶。然後他特別形容了琉璃水瓶：

「我一看到這隻琉璃水瓶，就想起故鄉的海洋。我出身小豆島，從小看著這種顏色的海洋長大。但我每次來這裡眺望著水瓶，感覺就好像是眺望著一小片故鄉的海洋。」

武內原本只是漫不經心應對著酒後闖進來的客人，準備要關燈離開了，卻突然被那段話激起記憶，想起了來歷不明的算命師杉山當年的模樣。

這個算命師除了替人卜卦算命之外，其餘時間都在畫畫，而且畫的都是同一海景。算命師……臉孔削瘦露骨，但陰沉的雙眼卻射出懾人精光。在那滿是補丁的燈心絨外衣口袋中，裝著用紅布慎重其事包起來的算木及卜籤。這男人拎著內裝顏料的手製木箱及寫生簿，坐在從千日前到太左衛門橋之間的路旁等候客人上門。

……在成群的無賴漢之中，杉山有兩項特色顯得格外凸出，一是他的算命準確度極高，一是他憑靠在橋上欄杆全神專注畫海景的姿態。也不知他從哪裡弄來那些當時極不易到手的顏料，只見他專心地畫青色的海。他偶爾眺望一下道頓堀川的暗灰色河面，然後在寫生簿上畫出明亮的海洋景色。奇怪的是他所畫的海永遠是青色，原因並非他沒有其他色彩的顏料，而是似乎他有意地只用青色顏料。畫天空、船、人、樹時，他會分別選用不同色的顏料，唯獨畫海洋時必定用青色，而在那明亮溫暖的色調背後，隱藏著懾人的寒意。

於是武內方才恍然大悟：

……原來鈴子竟然如此深愛著杉山。在十一年前的那一天，鈴子看見骨董店櫥窗內的翡翠色琉璃水瓶之際，無疑地是懷想起杉山所畫的海洋顏色，因此壓抑不住滿腔的思念。武內猜想，鈴子雖然是盯著水瓶瞧，但出現在她眼中的大概是杉山的身影。……武內在心底反覆呢喃——原來鈴子是那般深愛著杉山啊！

在那瞬間，武內心中湧起對於鈴子前所未有的憐憫。那麼深愛杉山，為什麼鈴子卻離開了杉山而回到道頓堀來呢？為什麼又回來找自己？鈴子和杉山間究竟發生了什麼事？

不久之後，武內得到了可以探問的機會。杉山回到了道頓堀，武內將他找來咖啡館再次替自己算命，杉山原本完全沒有認出武內來，武內只好明白說：「我是鈴子的丈夫，武內鈴子啊！」然後說出最關鍵的問題：「為什麼鈴子會跟你分手而從天草返回我身邊呢？」

杉山雙掌舉高武內給他的威士忌酒，喝了一口，閉眼思考，隔一會兒才張開溼了的眼睛似乎要開口，卻又突然改變主意緊閉起雙唇，然後不發一語，一直保持沉默。一直到離開前，杉山只開口和武內多要了一杯威士忌。

武內並沒有得到答案，但從杉山看起來如同凝聚夜晚、凝聚五彩燈光河面的眼睛，他憶起了鈴子在知恩院旁骨董店看琉璃水瓶的眼神，於是衝動地將水瓶拿了下來送給杉山。原本想將水瓶的來歷告訴杉山，但立刻打消念頭了。對於武內硬塞過來的琉璃水瓶，杉山先是迷惑地保持沉默，最後才慎重其事接過來，然後向門外走去。

底層庶民的悲歡

武內終於和杉山、和鈴子過去的那一段情，也和自己心中的怪誕忌恨心情和解了。

不過在〈道頓堀川〉中還有其他沉陷在情欲與野心中，沒那麼容易超脫出來的角色。

那裡有依賴七十三歲老男人包養支持開料理店，卻愛上比她小十一歲大學生的町子。有曾經是邦彥父親情人的弘美，以每個月固定給邦彥一點錢和邦彥見面的形式，得到和過去連繫，表現自己有情有義的安慰。

還有隨著一個靠撞球討生活的老人流浪到道頓堀來，在老人死後窮困潦倒，一度想要以身體來交換武內對她照顧的女子由貴。她後來找到了靠放利息為生的台灣人接濟，在疊屋町開了廉價的內臟燒烤店。五年之後，台灣男人突然過世，由貴恢復了自由，將店遷到笠屋町，升等為一般的烤肉店。她善於經營，進而考慮要在新興的梅田區開中上等級的牛排館。

另外有愛做女裝打扮的人妖阿薰，對邦彥真情流露抱怨：「什麼時候開始想當人妖呢？家人對你有何看法？兄弟姊妹呢？故鄉是哪裡？我最討厭向我問這些問題的傢伙了。我又沒有對任何人造成麻煩啊！只是喜歡打扮成女性而已，難道還需要什麼理由嗎？那個老色鬼以為有幾個臭錢就能隨意玩弄女人，別做他的大頭夢！」

還有跳脫衣舞的里美，也向邦彥吐露內心：「每次走在晨曦中的道頓堀，我就感到好憂鬱，只覺得自己像是一條汙穢的野狗，對任何事情都不在乎了。」

邦彥想用溫柔的話來安慰里美，卻找不出適當的詞句。里美每晚遊走於各酒吧、俱樂部，讓自己年輕的軀體沉浮在色情世界中，也難怪在這紫色的清晨裡，冷寂的憂愁會爬上她的心頭。

「阿邦，你的臉上沒有一絲邪念，所以我才能說出真心話。」里美盯著邦彥的臉說。

兩人邊眺望著漸漸明亮起來的河邊景色，邊默默地喝咖啡。里美突然有了衝動，放起音樂，以邦彥為唯一的觀眾，全裸地跳舞。邦彥失神看著，竟然生出了恐懼之感，阻止里美繼續跳下去，然後：

里美的眼中溢出淚珠，赤裸著身體站在原地，像小孩般哇哇哭出聲來。邦彥幫她披上外套，從地上撿起裙子、內衣褲，然後呆立望著哭泣的里美。里美邊哭邊從邦彥手中接過衣物，然後進入櫃檯內穿了起來。「阿邦，你不可對別人說出我裸體跳舞的事喔！」

金子昌夫的評論中特別標舉出這一段，提醒我們小說寫出了邦彥的無奈，除了替里美披上衣服並送她搭上計程車，就無能為力了。然後宮本輝如此描述邦彥的心情：

……朝陽從大樓頂端射出黃色光芒，他不禁感到一陣難耐的睏意，於是拖著沉重的腳步走回去。他將雙手插在口袋中，踢起路邊的一個空罐，空罐發出響聲向前滾動，那喀啦喀啦的聲響不斷地在他的心中迴響。

金子昌夫認為這一段可以說具備了宮本輝文學中最精華的美感。那樣的文字寫出了這些底層庶民的悲歡，他們追逐著幸福，又似乎註定希望渺茫，然而清晨陽光中的金屬聲響帶來了一絲精神慰藉，讓他們相濡以沫不會完全絕望。

小說中以邦彥撿來的筆記本上的六行隨寫總結了這幅眾生相：

搭船而去

出生地既不同
心思也各異的
數千個「我」
搭乘同船
隨流而去

也不知為什麼，這幾行文字深深吸引了邦彥。他倚窗眺望著繁華的鬧街，覺得那些陌生的人群彷彿就是他自己的眾多分身。

第四章
愛與恨的和解——讀《錦繡》

後現代主義與寫實主義

寫完了「河川三部曲」之後，宮本輝又在一九八二年出版了獲得更多讀者，尤其女性讀者注意的小說《錦繡》，進一步確立了他的特殊風格。那是一種堅持寫實筆法，專注人倫互動情感，傳遞哀傷中濃烈溫暖的風格。

在八〇年代堅持寫實，是一件很奇怪的事，因為排山倒海而來，不只席捲日本文壇，而是擴大到整個文化藝術領域，全球性的風潮，是「後現代主義」的流行。「後現代主義」最凸出的主張，就是打破原本的線性、理性安排，改以「拼貼」方式來解脫限制，刺激出現實中不存在，卻比現實更具豐富意義可能性的認知、體會。

「拼貼」混亂了時間，將古典主義和現代主義不協調地放置在一起；「拼貼」也混亂了意識，不只讓主觀與客觀同時呈現，而且將原本固定的人稱觀點也打破了。

村上春樹之所以一出道就被冠以「新世代文學旗手」的稱號，正因為《聽風的歌》徹底打破了日本主流小說的敘述模式，自在流盪難以捉摸，沒有明確的主題，沒有清楚的立場，也沒有固定的敘述身分與方向。給予日本文壇與讀者帶來的衝擊不單純只是創新，更重要的毋寧是符合歐美新潮流的「後現代」風格，讓人覺得：「哇，日本也有自己的『後現代』了！」

從這個脈絡看宮本輝，那麼我們看到的不只是他沒有跟隨「後現代」潮流，他的小說無論是形式或內容上，都找不到一點離開寫實邏輯的迷離刺激，這種寫法在那個時代絕非理所當然的，必須具備高度的創作準備與自覺，才能不被「後現代」、「後設」、「魔幻」等流行現象影響，繼續創作看來守舊傳統的寫實小說。

還有，在那樣的環境中，如此擺明了抗拒潮流的作品，很不容易討好。堅持不要可以立即吸睛的「後現代」、「後設」、「魔幻」等元素，最有可能得到的結果，是讓讀者感到陳腐厭煩而無心閱讀。宮本輝要脫穎而出贏得讀者，其實比我們想像的要困難得多，他的成就因而更值得肯定。

他堅持寫實，堅持寫明白立足於當下日本社會的具體人際關係，又不刻意追求奇情戲劇性，也不走殘酷驚悚的路線，每一項立場特性都使得他逆反當時流行，讓自己的作品不容易討好，不容易受歡迎。

然而他卻總能在作品中別出心裁，堂皇地示範、證明了寫實主義這條路，至少在小說的領域中，並未走盡走絕。最難創新的擁擠舊空間裡仍然有尚未被發現的，可以去開發的可能性。

十年後的重逢

《錦繡》採用了不怎麼新鮮的書信體，小說由十四封往來書信構成，沒有任何信件以外的說明，單靠寫信回信兩個人的特殊關係與背景，就成功地撐起了小說的脊梁骨幹。

那是一對離婚十年的夫妻，由前妻先寫信給分別十年沒有聯絡的前夫。那麼久都不聯絡，一方面因為沒有必要，兩人婚姻中沒有小孩，也就沒有牽絆；另一方面也因為離婚的原因不只不愉快，還極其尷尬——丈夫和別的女人殉情未死被救了回來，既然都不惜一死和另外的女人到另一個世界去，這個世界的妻子還能用什麼方式維持婚姻呢？離婚之後又怎麼可能有什麼互動往來？

完全無從預期的巧遇，在十年之後開啟了前妻亞紀想要寫信的衝動。帶著再婚所生的小孩，亞紀竟然在藏王這個冬季滑雪觀光勝地的纜車上，同一個車廂，面對面的座位上，遇到了前夫靖明。突然重逢，兩人在纜車上幾乎什麼話都沒說，然而光是從外表，兩人都帶著十年前沒有、無法想像的印記。

亞紀不只是帶著八歲的兒子，而且兒子是天生的殘障兒，下半身不太方便，智能也比同齡小孩落後。是因為殘障遲緩的兒子特別愛看星空，亞紀才會自己帶著出生後從不曾出遠門的兒子在秋天去藏王看高山美景和繁密星空。

至於男方靖明呢？亞紀的信裡沒有直接描述，在後面靖明的回信解釋中，我們才知道是：

> 鬍子也沒刮，穿著破鞋，襯衫領口滿是汙垢，幾乎成為泥土顏色。任何人一看見我這副德性，也知道我現在的處境如何。

突然看到前夫如此窮困潦倒的景況，當然給了亞紀更大的心理震撼吧！於是壓抑埋藏在心中十年的情緒無可抑遏地冒湧上來了。當年發生殉情事件之後，靖明從醫院出來，兩個人就離婚了，靖明不曾解釋為什麼要和那個女人殉情，亞紀也不知道該如何問起。

換另一個角度看，靖明也從來不知道事件發生後，亞紀的經歷與感受，那麼突然又那麼戲劇性的事件瞬間冰凍了兩個人的婚姻關係與彼此溝通，他只能默默接受別無其他可能的離婚結局。

但亞紀還是想知道，而且也還想讓靖明知道自己受過的苦。所以她從父親公司員工那裡得到了靖明的地址，寫上自己婚前娘家姓氏，將這份遲來的疑問寄了出去。

直到如今我仍常常追悔，當初為什麼不問清楚你和瀨尾由加子究竟是什麼關係。我不明白自己當時的心境，現在回想起來，我對於從戀愛時代到新婚時期一路伴隨走來的你和那段歲月，雖然即將面臨離婚的命運，卻故作鎮靜。在我的內心深處，一方面對你感到同情，同時又有超過同情數倍以上的憎恨纏繞，這些情感形成強烈的自尊心，讓我沉默寡言、面無表情。也可以說，在我心中，早已認定你和瀨尾由加子的關係是單純的萍水相逢的肉體關係；換句話說，我根本不想輸給一個死去的陌生女子。

有了十年的時間距離，加上書信的空間緩衝，亞紀終於可以放下當年的自尊心，她接受了靖明和殉情女子瀨尾是有妻子無法介入的濃烈愛情的可能，她想知道真相，向前夫發出了叩問請求。

單戀的少年

前夫有馬靖明回信了：

……這封信我想從瀨尾加由子和我的關係寫起，我以為這才算是對你的一種禮貌，同時也對長期隱瞞你一事表達歉意。我希望你能理解離婚時我為什麼沒說清楚——說好聽一點，是我不想再傷害你。……如果當時你說開了，說不定在那個醫院的中庭我也會放下一切據實以告。然而你選擇了沉默。你在信上說是女人的直覺，但看在讀信人的我眼中，卻感覺是害怕直指核心的直覺吧！

他和由加子是住在東舞鶴時期的國中同學，

在學校我沒有朋友。我失去父母，又是從都市來的沉默少年，班上同學根本不知如何和我交往，就這樣我無法適應學校生活。

……幾個月後，發生了讓我心情波動的事情。我喜歡上同班的女同學，就是那種聽說跟某個高中男生交往、已經有異性關係、有些不良幫派為她爭風吃醋等傳言很多的女學生。在舞鶴短暫的生活之中，我唯一記憶鮮明的經驗就是愛上了少女瀨尾由加子。

十四歲那一年的深秋，孤獨卻又陷入熱烈單戀中的少年靖明靠在防波堤上凝視海港景色，卻冷不防地看見穿著水手制服的由加子向他走來。那是靖明第一次真正和由加子說話，簡單對話幾句後，由加子突然問他要不要一起去搭船？

那是一艘叫「大杉丸」的漁船，一個二十二、三歲的年輕男子邀由加子出航到海灣中轉轉，卻沒有想到由加子竟然帶了一個電燈泡來。年輕男子原本反應不過來，還是到船艙裡發動了引擎，船離港後，他想出對策了，大聲問靖明：「會不會游泳？」靖明回答：「會游一點。」那個人立刻從船艙出來，猝不及防地直接抓住靖明的衣領將他丟入海裡。然而，同樣猝不及防地，船上的由加子也隨著跳入海中，然後兩人拚命游回碼頭，怕那男人追過來，一上碼頭就一直跑，跑了一會兒才停下來。

> 游泳途中，鞋子掉落在大海，我和由加子全身溼透，只穿著襪子站在海邊。由加子叫住我，跑上前來抓住我的手，不斷道歉說「對不起、對不起」，然後突然高聲大笑，笑聲詭異得讓我不禁茫然注視她。如落湯雞般的她抓著我的手，扭著身子笑個不停。笑了一陣子後，由加子邀我到她家去。

在由加子家中，靖明擦乾了身體，換上了她哥哥的舊衣，到二樓三坪大的房間裡，圍著正中央的電暖爐喝熱茶。

小小電暖爐的熱度溫暖了額頭、臉頰、手心，我的身體不再顫抖，輕鬆舒適的感覺油然而生，竟頓生錯覺，覺得和由加子就像是青梅竹馬，於是嚴厲地責問她：「……都怪妳自己不小心，下意識表現出招惹男人的媚態。」她語氣強烈地反駁：「人家才沒有！」她咬著下唇、杏眼圓睜久久瞪著我，眼神顯得哀怨，更加襯托出她的美麗。看著這樣的她，我又陷入了慣常的寂寥感覺當中。瀨尾由加子這個少女所散發的奇妙幽暗，與裡日本偏僻漁港的氛圍是同一性質。

我對由加子訴說自己多麼討厭舞鶴這小鎮、多麼想回去大阪。夜幕低垂，房裡一片陰暗，只見電暖爐的紅色散熱渦漩。……她伸出雙手，捧著我的臉頰，鎮定地將額頭靠上來，維持那樣的姿態凝視我的眼睛，終於忍不住笑起來。再怎麼說，那都不該是十四歲少女的舉止，一時的驚訝過去後，我依然陶醉其中。她低語表示從以前就對我有意，現在更是完全喜歡上我了，與我緊靠著，慢慢湊上嘴唇……

殉情之謎

在舞鶴時，兩人其實只有這麼一次互動，隨即靖明被伯父接回大阪了，和由加子通信幾次，然後就斷了聯絡。

> ……我覺得不再回信的由加子已成為遙不可及的存在，她那天在自己房間的舉動，不過是一時興起罷了。或許就讀舞鶴當地高中的她……早忘了我的存在。我這樣告訴自己……看起來我幾乎完全忘記了她，但偶爾在不經意間，那個傍晚時分的二樓房間裡，她垂肩長髮濡溼的姿態、輕笑，在我耳邊低喃話語的畫面，總會突然滑過心頭。

這樣一個學校裡惹起最多男生注意的漂亮又早熟女生，竟然會和他有如此一段奇遇，又大方地對他告白並主動成為他的初吻對象，當然在他心中留下了難以磨滅的啟蒙印記。十幾年後，他因工作重返舞鶴，見到由加子的母親坐在自家香菸鋪門前，就前往打招呼，而得知了由加子在京都河原町百貨公司寢具區工作的現況。

他心動去了，本來想單純看看她，並沒有要和她說話。但在寢具區沒有看到相似的人，衝動地問了一名店員：「這裡有瀨尾由加子小姐嗎？」沒想到，被問到的店員馬上將由加子從後面休息處叫了出來。

……穿著百貨公司制服的由加子，長相比我想像的要樸素許多，然而睜大眼睛一笑，又恢復過去招惹諸多緋聞的華麗風貌。的確，她就是由加子，只是現在的她似乎有些鬆垮，卻又沒有成熟女子慣有的粗鄙，容貌依然清純，讓我有些意外、錯愕。

兩人如此重逢，那時由加子正準備要從百貨公司辭職，換到本來兼差的祇園酒吧去當正職，於是順理成章，靖明就開始帶應酬客戶到由加子的酒吧去。「之後我和由加子之間就像四處可見的男女情事一樣，隨你想像不再贅述了。」

但並不是四處可見的男女都發展成殉情事件啊！對於亞紀最在意最想知道，也是讀者最好奇的這段過程，靖明在這封信中卻仍然拒絕說明，不過他的用語讓我們知道了真正發生的事件是由加子拿刀刺殺靖明然後自殺，和一般說到「殉情」時的印象有一定的差距。他如此結束這封信：

> 為什麼由加子要自殺？為什麼她拿刀刺我？仔細思考，我想應該沒有必要對妳說明詳情。至於是否如妳所說，我和由加子之間其實存在著不容他人介入、充滿祕密的濃烈愛情存在？事到如今也只能說那就像一場曖昧模糊、若有似無的夢境吧。
>
> 濃烈的是在舞鶴的少年時代，相隔十幾年和由加子重逢之後，充滿我內心的是蠢蠢欲動的肉欲。對於帶給妳的悲嘆、帶給妳的痛苦、對妳的背叛，我衷心表示歉意。寫到這裡，我覺得疲憊不堪。最後祝福妳的家人幸福，就此擱筆。

收到回信，讀到這樣的結尾，難怪亞紀會在下一封信中表達極度困惑：

究竟你在這封信中要告訴我什麼？我從信中又能知道些什麼？你高高興興彈起了前奏，卻在音樂主體要開始時，突然喊說累了，砰然一聲闔上鋼琴蓋。那一段曼妙的前奏竟像是用來取笑人似的。

進一步，亞紀忍不住用了比較強硬的語氣要求：

……對於你和瀨尾由加子的關係始末，我很想知道。為什麼瀨尾由加子要自殺？為什麼她要找你一起殉情？現在的我一心盈滿想知道的情緒。我有知道真相的權利。過去我從沒這麼想過，直到讀了你浪漫的初戀故事，不禁又湧上這種心情。

靖明說：「為什麼由加子要自殺？為什麼她拿刀刺我？」同樣的問題，亞紀則說：「為什麼瀨尾由加子要自殺？為什麼她要找你一起殉情？」兩種表達微妙的差異，顯現出亞紀仍然無法不帶情緒，尤其是無法不受嫉妒與被背叛的情緒影響。然而當她說出「我有知道真相的權利」，刺激了靖明的反感，下一封再簡短不過的信中，基本上只傳遞了這個訊息：

……我認為自己沒有義務寫出和由加子之間關係的始末。我根本不想惹這個麻煩。我們之間的書信往來就到此為止吧。

莫札特的音樂

兩個月後，亞紀還是又寫了一封信，抱持著靖明可能不會閱讀的態度寄過去，這次她完全沒有再探問任何過去或現在的事，開頭就表明了「我還是想讓你知道我內心深處的祕密，這種心緒竟不可思議地難以壓抑、平復」，都只說自己的事。

最主要是記錄她發現了一家叫「莫札特」的咖啡館，不只是愛上了那裡、認識了店主夫婦，並且從店裡播放的莫札特樂曲中得到了奇特的領會。

過去我對古典音樂幾乎沒有任何興趣，根本不覺得自己具有理解老闆所說「莫札特奇蹟」的感性與修養。但是看到（鄰座的）那青年的態度，聽著流洩在安靜的店裡的交響樂，腦海中突然浮現一個字眼——「死」。我也不知道為什麼心中閃過這個字。當然那一瞬間並沒有尋死的念頭，對死亡的恐懼也沒有襲上心頭，而是很清楚地在心上浮現一個「死」字久久不散。

我啜飲咖啡，將「死」字放到腦海的某個角落，第一次專心聆聽莫札特的音樂。沒想到，過去絲毫不以為意的交響曲竟讓我感覺到難以形容的美妙，樂音又像是暗示了一個不可知的世界。為什麼這麼美的樂曲是在兩百年前、出自於僅僅三十歲的青年之手呢？而且居然能夠不用激烈的字眼就傳達出悲傷與喜悅共存的情境？透過玻璃窗凝視著門口兩旁行道樹的葉櫻，我陷入沉思，想像著已經死去、未曾謀面但肯定長得比我漂亮的瀨尾由加子的容貌、表情，沉浸在莫札特的交響樂音中。

老闆熱愛莫札特，早早就決定要開一家只播放莫札特曲子的咖啡館，因此才到銀行工作，在職場上遇到討厭或辛苦的事，習慣告訴自己：「一切都是為了將來開店需要的資金……」如此忍耐了二十七年。和這樣的老闆聊天時，被老闆逼促說出聽莫札特樂曲的感覺，亞紀說：「感覺上，生和死說不定是同一件事。這麼大而奇妙的主題，莫札特居然能用優美的音樂加以表現。」

她其實不是很明白自己到底說了什麼，只是在腦海中再度浮現關於已經死去的瀨尾由加子的疑問：她是什麼樣的女人？為什麼自殺？她是和靖明有過關係後才自殺的嗎？

這封信寫得很長，部分的事件，尤其是關於「莫札特」咖啡館的，還延續到下一封信才說完。

從她第一次去「莫札特」半年後，深夜發生的火災燒毀了這間咖啡館，雖然店保了火險，但最重要、最珍貴的兩千三百張唱片收藏都燒成灰燼了。在火災現場，應該極度震駭、傷心的老闆突然對趕來關心的亞紀說：「或許生和死真的是同一件事，莫札特的音樂奏出了那種宇宙奇妙的造化。」

他沉思了一下又接著說：「我自以為比誰都清楚莫札特，沒有人像我聽過那麼多遍莫札特。對於莫札特，我是那麼有自信。可是像星島小姐那樣形容莫札特的音樂，我想都沒想過。從那天起我就一直思索星島小姐的話，現在終於明白星島小姐說的沒錯。莫札特用音樂表現了人類死亡之後的世界。」

因為這段話，因為和「莫札特」老闆的特殊機緣，後來亞紀在老闆家中遇到了老闆的姪子勝沼壯一郎，也就是她後來再婚的丈夫。

祕密的告白

亞紀信中不只是要交代如何認識現在的丈夫。她先描述了這樣的心情：

……由於和你離婚，我有種預感，總覺得會發生什麼不幸的事。因為不可預期的意外事故，你離開了我。之後不到一年的時間，「莫札特」這家我喜歡的咖啡廳也消失了，兩千三百張天才創作的曲子瞬間燒成灰燼。下一回我又將失去什麼呢？

……或許生和死真的是同一件事……我心想為什麼莫札特的曲子令我生出這般突如其來的念頭呢。我想起方才老闆在燃燒殆盡的店前對我說的那些話——宇宙奇妙的造化、生命奇妙的造化。

……我躺在床上閉起眼睛。不知不覺，那些火焰、木頭爆裂的聲音和老闆的身影從我心中消失，取而代之的是：和你初相逢的那個大學時代夏日的陰涼樹蔭；我們手牽手看著御堂筋路來來往往汽車後座的朦朧燈影；父親答應我們的婚事；我們高興得沒有目的、逕自跳上阪神電車的那一天，看見車窗外神戶海濱的氤氳光暈……這些影像和莫札特第三十九號交響曲融為一體，包裹在模糊朦朧、難以形容的想法裡。

一時之間我似乎對「宇宙奇妙的造化、生命奇妙的造化」這句話中所隱藏的東西有所了解，但也只是一瞬間而已。我的心中浮現瀨尾由加子的幻影，擁有比我更美麗的容貌和肉體的沉默女子站在我心中，而這個人已經不在人世。

改成告白自己內心的祕密，而不是逼問對方，反而讓靖明放下心防，願意回答之前亞紀問的兩個關鍵問題：為什麼出現在藏王？之前的「殉情事件」究竟如何發生？

之所以去藏王，是逃避看來像是討債公司派來的人，隨便買了車票打算去一個遠一點的地方消失兩、三天，反映了離婚後靖明每況愈下的窮困潦倒程度。在藏王和前妻重逢時，是他人生的谷底。怎麼也想不到在匆忙跳上去的纜車裡竟然坐著穿著高雅的亞紀，使得他驚慌失措，一走下纜車就頭也不回走向暫居的小木屋。在那裡：

……立刻上二樓躲在窗戶邊，遠遠眺望你和拄著拐杖的清高（亞紀的殘障兒子）慢慢經過，直到你們穿過森林，右拐走進山路，完全看不到身影為止。我佇立在那裡好長一段時間，看著你們消失的轉角。

投射在那條路上的金色光影就像過去我人生中未曾見過的、寂寞荒涼的光刃，一道道刺進我骯髒汙穢的心裡。……好長一段時間靠在窗邊，等待你和清高再度從山路的轉角走回來。

好幾個鐘頭之後，再一次認出你在樹蔭下的身形，感覺一股熱水從我胸口噴出。我心想：亞紀已經是別的男人的妻子，也為人母了，看起來生活富裕美滿。你完全沒有注意到我在小木屋的窗邊看著你們，你們還是跟剛剛一樣悠閒走著，消失在前往纜車站的林蔭小路上。

亞紀讀到這段，感動得哭了。

……啊，原來你躲在獨鈷沼澤附近小木屋的二樓，偷偷看我們走過……你還一直站在窗邊好幾個鐘頭，等待我們再度經過林蔭光影的小路回去……我完全沒有想到竟是這樣。……

「亞紀看起來生活富裕美滿」，為什麼你這樣寫呢？的確，相較於世間一般的家庭主婦，我是富裕美滿，身體健康；可是你沒寫「亞紀看起來很幸福」。我知道你是故意的，因為你早已看穿我。所以你才佇立窗邊等待數小時，看著我的身影再度經過小木屋前回去。一定是這樣。

我邊哭泣邊讀信，看到那段奇妙的經驗，不禁受到衝擊。……

臨終的體驗

靖明的信中，完整回憶了「殉情」那晚上發生的事。

他在應酬結束後要去平常兩人幽會的京都嵐山旅館，但打電話給由加子，由加子卻表示不想去。

……我詢問理由，由加子沉默不語，於是我想起來由加子家中最近總有男人到訪。是某所大醫院的經營者，是個年紀約五十二、三歲，體態發福的男人。早在三個月前他就開始說服由加子，說要幫她開間店。……

一方面我覺得與由加子的關係並不長久，甚至希望早點結束算了；但是另一方面，我又對由加子有著根深柢固的愛戀。「今晚又要陪那個男人了嗎？」由加子沒回答。我感覺由加子打算那麼做——其實這是由加子的自由，我無權阻止，然而嫉妒真是奇妙的感情，我竟一反平常的口吻生氣地表示「我在『清乃家』等你」就掛上電話。……

我明知由加子不會來，還是繼續等待。半夜三點鐘左右，由加子進來房間，一句話也不說，直接走進浴室淋浴了很久。

……看見穿著浴衣坐在我旁邊的由加子的臉，我嚇了一跳。國中時那個在舞鶴的黃昏，低垂的頭髮濡溼、側坐在一旁的由加子出現了。……

靖明被激起了欲念，但在向由加子的肉體試探時，卻被拒絕了。他憤怒地意識到那是因為由加子之前和另外那個男人做愛了。他質問由加子，由加子先是說：「對不起」，但繼而不甘示弱地回瞪靖明說：「明天我還在睡覺之際，你就要回去了，不是嗎？……你總是離開，總是回到自己的家，絕對不會回到我這裡……」

靖明反唇相譏：「難道那個男人就不離開、不回家嗎？」得到的卻是由加子輕輕點頭。

靖明變得極度冷靜，想著那就分手吧。他緊緊抱住由加子，告訴她去好好擺佈對方讓他拿出錢來，擁有自己的店，好好努力賺錢才是真的。「我什麼都不能幫妳，但是在舞鶴認識妳以來就一直喜歡妳，是妳教導我什麼是戀愛。我不能報答妳什麼，只能答應從此不再出現在妳面前。」

說完了這段話，他和由加子躺進被窩，不久之後他睡著了，一直到被刀刺入胸口的劇痛驚醒。他因右胸口的刀傷大量流血，很快就失去了意識。後來根據警方的說明，才知道由加子刺殺他之後，拿刀從自己右邊的耳朵到下巴割開了一道大約七公分的傷口，割破了大動脈，倒下時左手撞到電話話筒，但當時因深夜凌晨櫃台人員去清理大浴場，十幾分鐘後才回來，聽到鈴聲去房間探問，已經來不及救治由加子，但總算搶回了靖明一條命。

然後信中靖明回憶了「臨終經驗」：

……我感覺身體發冷，而且不是平常所謂的冷的感覺而已，是那種聽見全身逐漸結凍聲音的冰冷。在令人害怕的寒冷中，我走回自己的過去。……

> 過去我做的事、曾經有過的想法，各式各樣的影像以極快速度倒帶回去。雖然速度飛快，每一個畫面卻在我腦海中清晰閃過。包圍在寒冷的氣氛中，眼前飛過種種影像。我還聽見人的聲音，我記得很清楚，那人說「大概已經不行了」。
>
> 漸漸地影像通過的速度變慢，同時出現難以言喻的痛苦。影像萃取我過去的行為、思考，將我丟在其中。那是我過去做過的惡與善，除了這個說法，我找不到其他字眼來形容。
>
> 那不單是道德的惡與善，或許應該說是區分成生命中染上的毒素與潔淨的東西分別附著在我身上。而且當時我看見自己的身影往死亡的路上前進。就像是另外一個自己目睹自己被迫極其痛苦地清算過去所累積的惡與善。
>
> ……那另一個自己是不是俗稱的「靈魂」？「靈魂」這東西究竟是什麼，是否真的存在，我也不知道。但是我看著自己瀕死（不對，某段時間內我確實已經死去），我不覺得那個「我」是自己的靈魂呀。

如果真有靈魂，難道不應該是我們在活的狀態中，由靈魂來主導肉體和精神的活動嗎？那麼，心臟的跳動、血液循環、好幾百種賀爾蒙分泌、奇妙的內臟作用等，還有內心無時無刻的無限變化，都受到靈魂的控制才對。

……另一個自己累積了我們人生的惡與善，苦於永無止境的煩惱，在我們死後繼續存活，這絕對不是「靈魂」這般曖昧的說法，而是讓人類有喜怒哀樂等感受、有複雜微妙的肉體與精神活動的「生命」本身呀。……

靖明在死去的那一剎那，遭遇了由自己一生善惡所形成的「無色無形、無法用言語形容的生命本身」。

所謂的「業」是什麼？

事隔多年之後，終於得知了自己丈夫「殉情」那一夜發生的事，雖然就只描述了那一夜，亞紀和我們讀者卻已經足夠明白了靖明和由加子重逢之後到事件之間的關鍵發展。也足以產生亞紀所說的「對瀨尾由加子產生了一種類似愛情的情感。……她雖然是搶了我丈夫的女人，但站在同是女性的立場，我開始有了想要安慰她的平靜心情來面對她。」

事實是，由加子之所以訴諸那麼激烈、同歸於盡的手段，正因為她如此嫉恨自己無法將靖明從妻子亞紀身邊搶走。所以亞紀在回信中明白地說：「『你總是回到自己的家去』，瀨尾由加子說的這句話將我內心深藏存在的疙瘩完全糅化掉了。」

事實是靖明要和由加子分手，而且他找到充分的理由與動力，結束這段感情。由加子無法忍受失去靖明，應該更無法忍受他「永遠回到自己的家去」，因而在狂亂心緒中訴諸於同歸於盡的極端解決。

信件往來的過程中，靖明也重新整理了自己對這段生死經驗的理解。亞紀告訴他自己新的婚姻狀態，結婚後生下了一個腦性麻痺的兒子，她心中湧上的感受，竟然是對前夫靖明新的恨意。如果不是發生那樣的事，她不會生下一個殘障的兒子，如果維持在原來的關係裡，她和靖明生下的小孩一定是健康、正常的。沿著這樣的思考，靖明有深沉的回應：

……帶著沉重的心情喝酒，自我嘲諷地想：假如根據三段論法來看，讓你擁有先天性殘障小孩的人的確應該是我。我甚至陷入黯淡的沉思，想到在京都的百貨公司，我一時興起前往六樓寢具賣場的事。不，如果要更加追溯既往，應該是在我國中因為父母雙亡被緒方夫婦收養而來到東舞鶴車站時，讓我和許多人有了命運的交會。

要這樣追溯，那麼環環相扣，自己一生所做的事、所經驗過的，豈不都和那夜的悲劇有關，也就都和亞紀生下先天殘障兒有關了嗎？這不就是佛教中「業」的觀念？

……我被丟進十一月的舞鶴之海，接著由加子也跳進海裡，最後我和由加子全身溼答答地前往她的家。我們換了衣服，在二樓由加子的房裡圍著暖爐相視以對，她以不像是十四歲女孩的媚態貼近我的臉頰、親吻我的嘴唇。……我（在信中）又加了以下這句「十四歲就能毫不猶豫地對男生那樣做，只能說是瀨尾由加子這個人天生的業吧」。隨著醉意漸濃，我不斷回想自己寫過的內容。雖說是自己寫的文字，但究竟所謂的「業」是什麼呢？

我沉思良久，內心不由得回味由加子身體的觸覺。就在這麼做的同時，忽然之間我對於那個緊緊在旁不肯離開、注視著死去的我的「那個東西」，彷彿有些模糊的了解。它應該是我做過的每件事，還有未曾付諸行動但留存心中的恨意、憤怒、關愛、愚蠢等物的結晶，深深刻畫在生命裡，成為永不磨滅的烙印；那是在我進入死亡世界後回過頭來毆打我的東西。我心中浮現由加子的往事時，這個想法與閃過腦海的「業」一字似乎產生了關聯。……

自殺與輪迴

靖明在酒館裡喝得爛醉，回想記錄這段經驗，他在信中告訴亞紀自己的現實生活。他和一個叫令子的女孩同居，事實上受令子的照顧，但他並不愛令子，就如同亞紀受到「莫札特」老闆夫婦及父親影響嫁了一個自己並不愛的丈夫。

他又以迂迴的方式告白：其實那夜他有了自殺的念頭，而將他接回家去的令子感應到了。

半夜兩點，在超市當收銀員、從來不請假的令子破例表白明天不去上班，然後躺在靖明身邊說了她祖母的故事。祖母生下來左手就只有四根手指，少了小指；祖母一共有五個兒子，其中四個死於戰爭，分別在緬甸、塞班、萊特島和菲律賓等不同地方，但幾乎同時，而且都是在戰爭結束前不到一個月時。這兩件事似乎有著某種神祕的連結。

令子回憶：

「每回祖母說完話，一定讓我看她畸形的左手，然後說：『那些躲在距離戰場很遠的安全地方、不斷派人出去打仗的人，來生轉世絕對不會做人。……他們轉世一定會變成人們討厭的蛇、蚯蚓、蜈蚣之類的生物。就算投胎成人，也一定遭人追殺，得到應有的報應，最後短命而死。』說這些話時，祖母的表情總是皺成一團，看在小孩子眼裡是那麼堅決毅然。祖母相信人死後必有來生，證據就是她那出生以來只有四隻手指的左手。『看看我這隻可怕的手。』為什麼說完那些話後，她要讓我仔細看她畸形的手呢？至今我仍不明白。」

祖母認為自己的手就是轉世前做過壞事所以作為人變得不完整？她又以輪迴報應來解釋兒子早死，作為心理安慰？還是，真正重要的只有輪迴存在這件事？

「祖母說：『這個手指讓我明白了一件事。倒也不是什麼很確定的理由。我那四個受徵召當兵的兒子接連在遙遠的南洋戰死，然後戰爭就結束了，然後很快又過了一年，我即將五十一歲了。走在一片灰燼、炎熱的大阪市裡，我心想為什麼我的兒子活不到三十歲就得死？說不定我會在哪裡跟死去的兒子重逢？不，我們一定會重逢的，而且不是來世。就在今生，我會和其中三個可愛的兒子再見面。想到這裡，無與倫比的喜悅混雜著難以言喻的悲傷讓我流下眼淚。我從褲子口袋伸出只有四隻手指的手舉在陽光下。我就這樣站著，看著我可怕的手許久。連我自己也覺得這隻手醜陋得可怕，可是不知道為什麼，就是因為這隻醜陋可怕、天生就只有四根手指頭的手，讓我覺得今生一定會再跟我的兒子重逢。』」

這是什麼道理啊？只是因為一般人不會有四隻手指的手，一般人也不會遇到四個兒子都在終戰前一個月戰死，所以使得令子的祖母執意將這兩件事附會在一起，綁上了唯一能給她一點安慰的信念——兒子們會在輪迴中重新來到她的生命間讓她看到？

更沒有道理的是，明明死了四個兒子，為什麼說「我會和其中三個可愛的兒子再見面」？

令子後來才知道，因為二兒子不是真正戰死，是在緬甸看見飢餓、瘧疾奪走了許多戰友的生命，受不了而在森林裡自殺的。難怪每次說到和死去兒子重逢的事之後，祖母都還會說：「奪人性命最可惡。不只是別人的性命，自己了斷自己的性命也是一樣。……這個世界上有很多壞事都不可以做，但是這兩種卻是最恐怖的壞事。」

如果做了這樣的壞事，就沒有機會輪迴投胎成人了，所以她不可能和二兒子重逢了。令子回想祖母葬禮的那一天：

「……忽然間我想起小時候祖母常說的那些話，心想：祖母活著的時候，是不是真的感覺到在哪裡跟她的兒子相逢了呢？深信此生一定會與兒子重逢的祖母，是否真的遇見了他們呢？

「端送清酒、啤酒時，我認為祖母並沒有感覺到這些便過世了。但是說來又很奇怪，我又覺得祖母生前應該與她死去的兒子在哪裡重逢過吧，只是祖母不知道對方是她死去的兒子，對方也不知道祖母曾經是他們的媽媽，雙方只是在某個地方、在某一瞬間打過照面。

「……我彷彿明白了祖母的想法。四個兒子都是祖母親生的小孩，每一個都是心肝寶貝，都是因為出征而沒能回來。我覺得這四個人中，在緬甸叢林裡上吊自盡的賢介或許才是她最想再見的兒子吧。賢介才是祖母最喜歡、最疼惜、終其一生想念的兒子吧。」

「業」與殘疾

帶有神祕性的敘述中，令子懷念著祖母，更重要的，其實是迂迴卻深情表達了對靖明的擔憂，那是她頭一次一個人說那麼多話，也是她第一次主動靠在靖明身邊，將頭擺放在他的腋下處。她意識到靖明的狂醉中有厭世的衝動，她不能接受靖明自殺，不能接受如果靖明自殺了，那就甚至連輪迴都無法讓她能夠和靖明重逢。

沒有明說，可能也說不清楚，靖明被感動了。信中他說：「認識的一年間，令子從未吐露自己的想法和感情，我根本不知道她在想什麼。我一直以為她的優點是沉默和溫柔，人長得並不漂亮，頭腦也不頂聰明。」也就是說，找一個這樣的女友同居，不過只是生活上的方便，不費力也不必用心，更是靖明十年來自暴自棄淪落選擇的其中一環。但是在那一夜之後，令子變了一個人。

令子的故事又刺激亞紀在回信中進一步告白了自己的婚姻祕密。

我對於令子祖母所說的「奪走他人或自己生命的人再也無法轉世為人」感到某種恐怖的真實。為什麼我覺得那故事般的往事如此真實呢？我自己也覺得奇怪得不得了。在浴缸裡泡澡、黃昏在庭院澆花時，我一直思考為什麼老祖母說的話這麼貼近我的心靈？突然間我明白了，因為我是清高這孩子的母親呀。

這是什麼意思？因為清高也是天生畸形。為什麼老祖母的手指有四根手指頭呢？為什麼自己會生下背負不幸的孩子呢？那決定性的因素會不會就是「業」？於是她誠實地告白了她知道自己的丈夫勝沼和學校裡的女學生有染，曾經目擊她丈夫和那名女大學生站在一戶人家的大門陰影處擁抱。經過了七年，丈夫和那個外遇對象仍然在一起，而且有了一個三歲的女兒。

發現丈夫和女學生擁抱時，她的感覺是：

……我一點也不覺得悲哀，心情也沒有動搖。……我心中覺得整件事十分愚蠢，

> 他們的行徑多麼汙穢。認定勝沼和女大學生的關係是那麼低俗骯髒的同時，我也醒覺原來對勝沼而言我其實不是那麼重要的存在。
>
> ……我心知肚明，卻從來沒有開口點破，只是偶爾丈夫和那個狐狸精在陰暗路上相擁的畫面會突然閃過腦海——他們並非以人的形象，而是像汙穢的布娃娃一樣在我的心中消失。……自從那一天發現勝沼和女大學生擁抱以來，我們之間不再有夫妻關係。七年來，一次也沒有。

丈夫對她不重要，她對丈夫也不重要，她認清了這件事實。但回頭想，會不會那就是她的「業」，明知道自己不愛勝沼卻和他結婚，所以必定會有其他女人搶了丈夫，就算不是和勝沼結婚，或者和勝沼離婚了和別人結婚，豈不是仍然會發生同樣的事？

隱含著，那清高會是在這種不快樂也不真誠，對兩個人都不重要的婚姻下的結果，代表了他們的「業」嗎？

生與死是同件事

小說故事完成了轉彎。靖明承認令子的聰明之後，接受了令子的協助，甚至是令子的指引，終於從自我沉淪中脫離開來。亞紀則認清了自己的「業」而決定結束婚姻，讓勝沼可以成為另一個女人的丈夫，那個三歲女孩的父親。

令子發現了亞紀寄給靖明的信，靖明也不隱瞞，將信拿給令子看。令子讀完時：

> 她將整疊信放回抽屜裡面，站起來關掉房間的燈，然後打開廚房的燈，從冰箱裡拿出剩菜當晚餐吃（因為專心看信連晚餐都沒吃）。我關上電視，站起來坐在令子旁邊的椅子上，點起一根菸。令子哭了，邊哭邊大口吃著涼拌豆腐、美乃滋火腿片配白飯，不時以手背拭去淚水，吸吸鼻子。不管怎麼擦拭，淚水還是從令子圓滾滾的大眼睛流出來，沿著雪白的臉頰滴到桌子上。
>
> ……我問：「為什麼哭成這樣呢？」令子睜著紅腫的眼睛看著我，手伸過來將我拉

進被窩，以指尖輕撫我的傷痕。

令子只是讀了你寄來的七封信，並不知道我寫給你的那五封信的內容，但是她卻緊緊抱住我說：「人家喜歡你以前的太太。」她說了這麼一句，之後不管我跟他說什麼，她都不回話。我從令子的被窩裡爬出來，拿出抽屜中你的信放在廚房餐桌上，一個人沉默抽著菸，凝視成疊的七封信。

亞紀也重讀了靖明的信，如此總結重逢後通信的過程，並且進行第二次告別：

……我不知道為什麼會從莫札特的音樂想出那句話：「生和死或許是同一件事。」好像突然從天而降的一句話似的，可是這句話偶然放在信中卻成為你教懂我許多事情的引信。

她從靖明那裡體會了「宇宙奇妙的造化，生命奇妙的造化」。

以刀子割喉自盡的瀨尾由加子；看著死去的自己而又死裡逃生的你；年事已高反而更加投入工作的寂寞父親；和別的女人擁有另一個祕密家庭、生有三歲女兒、或許也很煩惱如何做好人父的勝沼壯一郎；……坐在附近大理花公園的長椅上眺望無垠星空的我和清高。我們的生命隱藏著多麼不可思議的法則呀。

寫完了最後一封信，將信寄出，亞紀替自己播放了莫札特第三十九號交響曲。

第五章

解心之謎——讀《月光之東》、《優駿》

小說的意義

為什麼要讀小說？對於這個問題，村上春樹曾經提供一個極其精采、震撼難忘的答案。

在他出道成為一位小說家大約十年後，日本發生了「地下鐵事件」，衝擊了村上春樹的寫作視野與寫作方式。「地下鐵事件」指的是一九九〇年由麻原彰晃領導的「奧姆真理教」在東京幾個地下鐵車站放置毒氣，造成隨意傷害甚至殺害路過者的驚人凶案。

一直都以小說為主要寫作形式，而且小說中帶有高度非寫實性的村上春樹，為了這個事件自覺轉換為紀實作者，耗費了大量時間精力，先後寫成了兩本報導——《地下鐵事件》和《約束的場所：地下鐵事件Ⅱ》。

前一本書記錄他去訪問事件中的受害者，後一本書轉換眼光，帶讀者去看那些奧姆真理教徒，站在「加害者」那邊的人。這件事很不容易做，因為呈現這些人，將他們的想法、說法寫出來，很容易讓人覺得是在替他們辯護，然而村上春樹卻願意以他的暢銷小說家身分與地位去做這件事，很真誠地和這些「加害者」溝通。

針對書寫《約束的場所》這本書的經過，村上春樹後來寫過一篇文章，收在《雜文集》裡。文章中提到了，他一度心中產生了徬徨和恐慌。聽這些麻原彰晃的信徒們回憶成長經驗，村上春樹愈聽愈覺得熟悉，因為和他自己的過去如此相似。在學校中和同學格格不入，不喜歡參加任何團體活動，腦中永遠轉著周遭沒有人能了解的念頭，也一直質疑現實所提供的種種答案……

終究他不得不面對這件事實：難道自己也有可能成為和他們一樣的人，像他們那樣成為麻原彰晃的狂熱信徒？進而逼出這個問題：有什麼最根本的原因或力量，將他和這些人清楚區隔開來嗎？

他找到了重要的答案。訪談中他會好奇這些人都讀些什麼書，也都會問他們看不看小說，幾乎毫無例外，他們都回應：「不看小說」、「不喜歡小說」。對了，這就是關鍵，村上春樹是讀小說長大的。小說最重要的教會了他什麼是真實的世界，什麼是虛構的。

小說中有那麼迷人的世界，虛構的情境比現實美好、迷人、有趣、深刻得多，然而不管你如何沉浸在小說閱讀中，總會有那種時刻，例如媽媽在房門外大叫：「你馬上給我出來吃飯！」或老師突然將你放在桌子下偷偷在看的書抽走，你瞬間就脫離了另外的那個世界，回到現實來。

這些人為什麼會相信麻原彰晃？麻原彰晃給了他們什麼？給了他們一條離開現實，通往某個另類時空的路，他們相信了，而且信得很深，因為他們確實渴望離開現實，卻又從來不讀小說，更沒有讀過好小說，不知道小說中有多少更美好、更迷人、更有趣、更深刻的世界，相較下麻原彰晃提供的只是劣質的虛構。他們沒有被小說感動過，才會被麻原彰晃感動，更糟的，他們沒有那種讀小說反覆進出虛構與真實的經驗，很容易陷入麻原彰晃打造的超現實狀態就回不來了。

唯有經常接觸虛構世界的人，才能清楚認知、分辨真實。

在虛與實間反覆穿梭

歷史上有很多覺得自己聽到神或上帝聲音的人。或許有人還對《美麗境界》（*A Beautiful Mind*）書或電影有印象，那是關於曾得到諾貝爾經濟學獎的納許（John Nash）的故事。納許其實並不是一般意義的經濟學家，他是數學天才，很年輕時就在數學領域大放異彩。

數學是一門很奇怪的學科，這一行代表頂尖地位的獎項菲爾茲獎（Fields Medal），規定是頒給四十歲以下的數學家。這不是新人獎而是成就獎，反映了在數學研究上的奇特現象——絕大部分開創性的研究成果是由四十歲以下的人完成的。專業與學院的權力無可避免掌握在資歷較深的人手中，他們的世代偏見可能忽略了年輕人的成就，所以乾脆規定只以四十歲以下為頒獎候選對象，來確保彰顯最前沿的數學突破。

為什麼年輕人反而更有成就？一部分原因在於數學高度依賴直覺，不是靠長期演算累積，而是一眼看出問題的意義，甚至一眼看出答案所在。那真的不是後天學習得來的，有著很高程度的天分決定因素。像納許那種等級的數學天才，往往是先看出、先知道了答案，然後才去分析求解的過程。因為他們已經先直覺洞識了答案，自然能夠少走許多冤枉路，朝著對的方向去建構解釋或證明。

如此也就等於一次又一次讓這種天才相信自己的直覺。火光電石一刻在心中湧現的想法，幾乎總是對的，只是需要花時間去找出解釋或證明而已。很多時候他們會對解釋、證明感到不耐煩，失去了興趣，就讓答案懸在那裡，由研究生或其他直覺沒有那麼強大的數學家接手去做。

然而如果他直覺得到的想法不是關於數學的呢？而是關於人，關於未來要發生的事，乃至於關於是非善惡的判斷？太習慣信任直覺，使得他們不可能懷疑同樣是直覺所提供的答案；長期累積的自信，更使得他們無法接受別人對自己直覺的質疑或反對。

這樣的人，就變成了別人眼中的瘋子。他看到、聽到許多別人看不到、聽不到的訊息，而將這些訊息視為真實，甚至視為真理，還要求別人無條件接受。換句話說，他失去了分辨現實與幻想、真實與虛構的基本能力。

小說在這方面有最大的作用。透過極度投入地虛構創建不同的世界，不只一個現實以外的世界，而是十個百個千個，而且讓讀者不斷來回虛實世界，小說反而提供了辨認並居留在現實中的穩定意識基礎。

現代小說能有這種帶領讀者來回虛實世界的作用，那是因為具備了兩種不完全一樣的、甚至有時相反的性質，而宮本輝擅長於將這兩種性質在同一部小說中巧妙地併合運用。

人的複數性

小說的一項功能是提供解釋，藉由虛構將在現實當中個別觀點所無法看穿看透的予以呈現。現實中我們不可能確切知道別人心中在想什麼，出於什麼動機而做了什麼樣的事，在小說中可以。現實中有很多永遠無法得知答案的謎，包括許多破不了的死案，然而在小說裡，所有的案子最終都能夠被還原、被揭露。現實中一個人愛或不愛，什麼時候愛卻又什麼時候不愛了，不只是他的愛情對象無法知道，甚至連他自己都不見得清楚，不過在羅曼史小說裡卻能提供讓讀者安心的答案。

不過小說還有一個功能，尤其是在現代主義的探索中被強調凸顯出來，那就是用各種方式讓我們看到這個世界本質上的不可理解性，也就是藉由小說的敘述打破一般常識裡所認定的答案。普魯斯特的《追憶似水年華》讓我理解了記憶的主觀性與高度選擇性，人會記得什麼、忘記什麼，受到太多無法控制的因素影響，充滿了偶然隨意。喬伊斯的《尤利西斯》打開人的真實意識，表現出其中的跳躍不連續、混亂無序的根本性質。

也就是現代小說倒過來，提醒讀者不要輕易接受答案，作為人的宿命限制就是不可能真正了解別人，必須打破這種虛幻自信我們才能碰觸真實。我們容易誤以為自己和世界間有直接的連繫，對事物有直接的掌握，現代小說卻不斷顯現一切內在的複雜性，所有你以為知道的、有把握的，在小說的具體、鮮活反覆提問下，必定為之土崩瓦解。

從相反方向，小說碰觸、表現了漢娜・鄂蘭（Hannah Arendt）所說的「人的複數性（human plurality）」。從任何角度所呈現的，都只是人的一部分，沒有人是真正單數的。每個人之所以和其他人不一樣，因為所有的分類、所有的性質描述，一定漏掉了這個人某些部分，去除了那些部分，就不是真實的那個多元複數的人。

相當程度上，如果不讀小說，很難真切感受人的這種多元性、複數性。不讀小說，不關心別人的內在，不可能顯示在外表的祕密，對於人作為一個謎的那一面沒有興趣，可能付出很高的代價。你會誤以為簡單表面就是人，誤以為自己的感受就是人的感受，換句話說，你活在人中間，卻始終沒有探入認識任何一個真實、複數的人，同時也必然掩蔽了自我的複數性，連自己的深層內在都不認識，用如此粗淺的態度來應對所有真實的人間互動。

宮本輝寫的不是純粹的現代小說，他的小說有一面比較通俗、比較簡單，是去探索答案，最終清楚地將答案提供出來；但還有另一面，則只有提問與提醒，一連串的迷疑與否定，沒有給答案。

像《月光之東》這部小說，可以沿著這樣的性質差異拆成兩個部分。一部分是非常現代小說式的寫法，故事環繞著塔屋米花展開，她是最核心的主角，卻一直沒有真正現身。

按照小說的虛構特權，作者像上帝一樣知道所有的事，不是可以直接將這個人呈現在我們眼前就好了？但小說中卻總只給我們透過別的角色所轉述的情報訊息，即使是最在意追尋塔屋米花的人，終究要和塔屋米花錯過。塔屋米花不出現，她不理會我們，她不滿足讀者的好奇。作者擺明了要我們知道，他不是上帝，他採取了更接近現實的觀點，只從杉井純造和加古的太太美須壽兩個人非常有限的觀點來呈現塔屋米花。

「月光之東」的象徵意象

這兩個人在小說中都以第一人稱出現。我們想要了解的重點人物是塔屋米花，但我們能得到的只是傳言，這個說法、那個說法，既非塔屋米花自己的介紹描述，也不是背後一個權威敘述聲音給我們的形容。

閱讀這本小說其中一種方式，是去整理羅列出一共給了多少不同的人對於塔屋米花的說法，看看從這些說法中能夠拼湊出什麼樣的形象。那只是一個近似的塔屋米花，而且無從得知和真實的塔屋米花到底有多接近或有多大的差別。這就是現代小說推倒虛幻答案，建構迷疑的手法。

不過換另一個角度看，宮本輝仍然是體貼的作者，他鋪陳了這段探尋歷程，最後我們對於塔屋米花產生的好奇，大部分得到了滿足。相對地，村上春樹在這方面沒那麼體貼，他常常在作品裡留下很多保持神祕未解的線頭，甚至是表面上明顯矛盾的地方，到最後一頁最後一段都不解決、不解釋。

宮本輝動用了很多觀點來轉述塔屋米花，東一段西一段各說各話，不過所有的相關訊息併合起來，如果你仔細檢查的話，會發現其中沒有什麼根本的矛盾、不能彌合的相反說法。也就是到底這還是同一張拼圖，不同人拿到不同塊．也有幾塊從來沒出現，但拿出來的每一塊，都屬於同樣這張拼圖。

敘述過程中，塔屋米花的父母形成一個糾結的謎，讓人好奇為什麼他們去到任何地方都讓別人感到有距離、甚至格格不入？後來明白了，因為發生一件有關人倫，罕見的私奔事件，不容於一般日本社會觀念，所以每當他們人生背景中的這件事被傳揚出去，就必然引來鄰人側目。了解這個背景之後，我們更進一步明白了生出智能不足的妹妹，父母將之視為一種詛咒報應，似乎永遠在提醒他們犯了私奔的罪，背負著罪惡痛苦的父母也才會用那樣的方式對待姊姊米花。

宮本輝探測了在人的心理中罪惡感所形成的巨大作用。罪惡感瀰漫了米花的童年，以至於後來當米花感受到加古對她也抱持著罪惡感，她無法接受，徹底改變了兩個人的關係。

敘述過程中反覆出現的另一個謎，米花被一個年長的人帶走，失蹤了五天這件事，後來也得到了解釋，並且從最終浮現的答案中刺激出強烈的感情力量。

運用現代小說透過傳言、轉述拼湊角色面貌的手法，然而宮本輝最後還是讓我們相當有把握地認識了塔屋米花。表示這只是小說的副線，真正的主線則是要顯示一個在日本社會無論如何沒辦法找到自己位置的人。「月光之東」指涉了一個意象，也是一個奇異的景致——月亮還沒下沉，太陽已經升上來了——象徵著米花的特異人生，無法在這個社會上容身，她念茲在茲只能到「月光之東」去尋找自己可以安居的存在環境。

大衰退社會下的「異人」

《月光之東》這部小說反應了泡沫經濟後的時代。日本經濟發展在八〇年代到達最高峰，累積了龐大的財富，開始向外到世界上瘋狂大採購，一度引發了美國及歐洲國家的高度不滿與警戒。在這過程中，整個日本社會都被捲入了白熱化的經濟系統中，每個人都成為龐大且不斷增長的經濟大機器中的一顆螺絲釘，幾乎沒有人可以自外於這個體系，而且藉由「終身雇傭制」還讓人長久深深嵌陷在體系裡。

但進入九〇年代，以東京房地產為主要形式也是主要象徵的日本集體財富，突然遭遇大衰退，大機器開始散體，於是才讓一些過去無法適應這個環境的人，在鬆動的縫隙中冒了出來。塔屋米花就是一個代表性人物。

她沒有辦法在原有的日本社會找到位置，然而她不是典型的畸人或「異人」，可以讓人們一眼就看出她和別人不一樣。為什麼小說中要動用那麼多人來尋找塔屋米花？因為她的內在有非常強烈的特質，放出震波讓靠近她的人從她所創造出的破壞感受到她的與眾不同。她的破壞力最主要是針對那個龐大體系的。

小說中杉井騎著腳踏車載塔屋米花去看月光，路上遇到小流氓遭到霸凌。在那個場景中，小流氓有小流氓的行為模式，被霸凌的人有被霸凌的固定反應，但塔屋米花卻有完全不依照「正常」角色而來的想法與行為，挑釁了原本理所當然的系統。

宮本輝寫得最成功之處，是米花在這方面的絕然反差。她的內在「異人」性質有多強，她在外表上就顯現得有多能適應系統。她自知和別人不一樣，卻要追求在社會上做一個勝利者，那就不只要社會接受她，還要多數人肯定她。如此的野心追求使得她身心傷痕累累，更使得她成為一個沒有人真正能理解的神祕、疏離、孤獨對象。

宮本輝要寫這樣一個強悍的女性為了爭取自己在社會上的尊嚴與地位而經歷的，然而如果讀過〈道頓堀川〉、《錦繡》、《幻之光》等作品，我們能夠清楚意識到他很難做得到。他太過於軟心，缺乏和主角同等強悍的神經，所以他無法直接、正面去描述塔屋米花。他無法凝視著米花淋漓模糊的每道傷口，一一刻畫清楚，他只好轉而選擇不自己說，讓好奇過、觀察過、體認過米花生命的人來轉述，緩和了那份寫實帶來的殘酷。

《月光之東》一部分長得像現代主義小說，又有一部分卻長得像比較通俗的類型小說。最像通俗小說的，是關於塔屋米花，最後宮本輝沒有留給讀者疑難，也沒有要求讀者自己思考，而是透過極度細心的安排，在情節進行間逐漸將每一個線頭都收好、綁好了。

不過塔屋米花交代明白了，但還有加古慎二郎。加古太太和杉井兩人之所以碰在一起，源自於加古慎二郎自殺。但加古為什麼自殺，又為什麼選那個時間用那種方式自殺，卻沒有簡單的答案。這方面，宮本輝又保留了現代小說般的艱難障礙寫法。現代主義小說中作者沒有義務要提供答案，就算有答案也不會直接攤出來，讓讀者予取予求。現代主義小說中揭露與隱藏同等重要，真正的答案要藏在天花板上或沙發椅套後面，讓讀者自己去找，往往在找不到或不確定是否找到的挫折中，得到了要認識一個人何等困難的啟悟認知。

如果以剝洋蔥為比喻的話（中譯本《月光之東》解說中，傅月庵用了這個比喻），那麼現代小說的基本模式是一層一層剝開，剝到最後讓人為之涕淚交零的，並不是因為發現裡面竟是空的，毋寧是眼前一片模糊，我們再也弄不清楚處在最中心，我們費了那麼多力氣去追尋的，到底是什麼。

對塔屋米花，宮本輝的寫法是一片一片，也就是其他人對她的傳言說法，打開來，最後我們得到了可以統合不同人說法的核心人格；然而相對的，對於加古慎二郎，小說卻沒有向我們揭示中心，而是給了我們一團模糊的影影綽綽。

感官意識的逆轉

繼續來追問：為什麼要讀小說？或是放大地問：為什麼要有藝術，藝術和我們之間的關係是什麼？

容我借用法國哲學家賈克．洪席耶（Jacques Rancière）的說法，藝術的作用在於「distribution of the sensible」，對於感知的重新分配。理解這個說法的前提是我們意識到在這世界上充滿無數的訊息刺激，那就是集合性的 the sensible，可感受的現象與事物總體，然而當然不是一切的 the sensible 都會進入我們的感知中，成為我們的經驗，生活的基本需要是我們必須對無盡的外界刺激進行選擇。

簡而言之，不是所有的色彩形狀你都會看到，不是所有聲音你都會聽到，很多氣味你會自動忽略不去嗅聞，平常你在街上走也不會察覺到風是從左邊還是從右邊來的。你必定要區分什麼聲音是要聽到的，什麼聲音是不會進入意識關注中的，而予以排除。那就是感官與意識的 distribution，而藝術則是要讓我們重新分配感官意識的對象，也就是去感知平常所排除、所忽略的。

從這個角度看，藝術必然和日常生活有著對立的關係。很多時候，一般人，或說停留在一般日常生活狀態中的人，對藝術產生的反應是：「我不懂」，連帶另一種反應：「為什麼要去參加藝術活動？」沒有藝術，人不是一樣可以活得好好的嗎？其實，更確切的事實是，沒有藝術人可以活得更好，如果生活就是日常，沒有藝術的環境中，日常就是一切，日常就是對的。

藝術擾動這種日常習慣。依照賈克·洪席耶的說法，一個作品如果不能刺激你看見、聽見、感受到平常、日常看不到、聽不到、感受不到的，就沒有發揮藝術的效果，也就不是真正的藝術品。

尤其是現代藝術特別著重動搖原本分配感官感受的方式，刺激去進行重新分配。所採用的基本手法也就是刻意將日常的重點安排退到背景中，而將本來不會注意到的，特別是那些有各種理由被放置在意識邊緣或壓抑到意識底下的現象凸顯出來。逆轉平常日常，逆轉意識安排。

馬塞爾·杜象（Henri-Robert-Marcel Duchamp）在一百年前將工業製造，許多人家裡會有，擺放在最私密最不起眼地方的馬桶，高高吊掛在美術館的展覽牆上，戲劇性地彰顯了這份逆轉企圖。他強迫大家「看見」馬桶，並且意識到原來馬桶雖然存在，但大部分每天和馬桶共處，每天使用馬桶好幾次的人，從來不曾「看見」馬桶。我們原本將馬桶放在意識的邊緣，只分配最低限度的感官意識，而杜象的現代藝術發揮了作用，將馬桶改放到中心來，得到多得多的注意。

也可以說，馬桶從原先屬於the insensible的分類，換到了the sensible的另外一邊。

私小說與告白體

在「日本現代名家十講」系列中解讀的「名家」，從夏目漱石以降，幾乎每一位都是從兩項日本近代文學的強大背景因素中浮現出來的，意思是他們都在對應這兩個龐大主流傳統上有強悍的回應與改造，才成就了大家、「名家」的地位。

這兩項主流是自然主義與「私小說」。而在宮本輝的作品中，我們同樣能夠清楚感受到後者的存在，以及他和這個傳統幽微呼應或明顯對立之處。

「私小說」的「私」既是「我」也是「私密」，是由「我」來揭發自己私密而形成的小說。其揭發的方式與性質又有雙重面向，一個是將正常狀態下不會要讓人家知道的行為或思想或欲望展現出來；還有另一個更深沉、更私密的，是要在小說中探索連自己一般情況下都不會意識到、或刻意掩藏遺忘的經驗挖掘出來。也就是日本的「私小說」將自覺的「告白體」與精神分析式的「潛意識挖掘」結合在一起。前者日本文學傳統中其來有自，後者則是明顯受到了西方現代文學潮流和西化改造中的現代生活型態強烈影響。

要揭發自己，當然不會寫一般人家都能看到、知道的外表那一面。「私小說」最早呈現的普遍內容，是關於成長中有過的少年敗德行為。少年時期欲望格外強烈，相對社會化集體化程度又比較低，所以容易產生各種違反規則的行為，最適合拿來揭露。

然而，活得好好的人，建立了社會集體能接受的形象與地位的人，為什麼要去揭露自己，將過去的不堪舉止描述出來？而且還要讓人家知道那就是「私」，就是「我」，而不是發生在別人，或純粹想像虛構的角色身上的事？

日語中其實經常省略「私」わたし，正常的句子裡如果主詞是「我」就省略不講，聽或看的人從沒有明確主詞這件事就能夠推知所表達的是發生在說話那個人身上的。若以男女說話方式來看，女性使用自稱主詞的情況更少，所以我們能夠知道那樣的省略是帶有削減、降低自我，縮小自我存在的謙抑意義的。即使是自己的感受或想法，都要以沒有主體的方式表述，聽起來、看起來好像是一般性、普遍性的。

如此對比出以自我為中心主角的「私小說」特性。這裡有「我」，所以不是一般性、普遍性的，而是發生在確切的一個人身上，那不是某個虛構的代表性角色去當鄉村老師，產生對父親的強烈厭惡感受，而是作者自己具體的「我」的態度，違背慣習地將自己放到中心表達出來，作者、敘述者和故事主角都是同一個人，讓讀者容易接受。

在表現「我」時，同時表現了藝術家的自覺。社會上其他人都閃閃躲躲，不敢面對自我、表現自我，藝術家卻願意付出代價，誠實面對自己，來發揮藝術應有的作用。關於藝術的作用還是洪席耶的話最能用來說明：「這裡面有一個巨大的衝動，這個衝動是藉由揭露自己把我們在這個世界上面，我們在日常生活裡面，我們認定的要看到的東西或要感知的東西，跟不要感知的東西把它逆轉過來。」「私小說」要將正常的記憶、感知逆轉過來，翻出平常認定應該要壓抑、應該會遺忘拋棄的對象擺放到中間最明顯的位置上，來發洩、滿足這樣的衝動。

為什麼讀宮本輝的小說？因為他在小說中建構了一個充滿祕密的日本社會環境，然後以非常親切的方式，將我們帶進這些人的祕密內在世界，同樣得到了發洩、滿足這種衝動的效果，同時帶給讀者重新分配感知的一種類似洗滌淨化（catharsis）的作用。

太多祕密的生活使得「私小說」建立了特殊的選擇標準——值得被寫的必定是祕密，又只有自己揭露出來的祕密才具備真實的說服力；所以書寫或閱讀「私小說」的過程中，也就引領著人去思考、去探索：什麼是我生命中最深刻的祕密？這祕密和我成為這樣一個人有什麼樣的因果關係嗎？

這中間另有一份矛盾、曖昧。自我揭露了的祕密還是祕密嗎？能夠被說出來的祕密還會帶有強烈的人格作用，不管是正面或負面的作用嗎？這樣的一種洗滌淨化作用為什麼能夠發生？

塔屋米花的祕密

《月光之東》小說裡寫了不同的祕密，可以分為「外在的祕密」和「內在的祕密」。外在的祕密是你不知道的，但透過對的方式，察覺追蹤對的線索，終究會有答案揭露出來。塔屋米花就是一個這樣的祕密，以懸念的形式一直勾著讀者，想要穿越那層層神祕，知道她到底是什麼樣的人，為什麼會有這些非常的行為。這部分，到小說結束時，都得到解答了。

小說中的杉井也許仍然困惑，加古太太還是不知道，但宮本輝讓我們這些讀者透過多重觀點提供的資料得到了明確的答案。但正因為聚焦感覺到解開了塔屋米花的祕密，很容易讓我們忽略了另一面的祕密。

在追索塔屋米花過程中，小說動用了兩個第一人稱敘事，讓兩種觀點交錯出現。夏目漱石後期最重要的作品《心》中，他動用了在當時其實很新穎的寫法，而且是明顯對應、乃至挑釁「私小說」流行路數的。《心》表面上是單一第一人稱敘事者，但在小說最後一部分卻出現了一封老師留下來的書信，信中交代解釋了發生在自己身上的，使得他如此鬱結難解的事。那其實是另外一個敘述者以第一人稱告白說明，和前面有著不一樣的敘事觀點。

夏目漱石要對話並對抗「私小說」傳統的，是藉由這種方式指出：一個人生命中最重要、最深刻的祕密，通常不會只發生在他自己身上，只牽涉到他自己。因而單純從「私」的角度來看，反而無法真正揭露祕密。

《月光之東》的這兩個第一人稱敘事者，杉井和加古太太，都有各自內在的祕密。杉井登場的方式帶有高度「私小說」的意味，從一張三十六年前的火車票寫起，按照原本「私小說」的慣例，那就應該是由此引導回憶，將三十六年前曾經做過的一件尷尬敗德的事揭露出來。但宮本輝沒有這樣寫，三十六年前發生了什麼事？為什麼會去買這樣一張車票？對杉井自己都是一個謎。十三歲，才念初中一年級，為什麼會買車票要一個人到從未去過的信濃大町找塔屋米花？那不是記憶，而是遺落了記憶的經驗，只留下那張車票記錄這件事。於是杉井要做的，不只是去尋找米花，還要探索自己，三十六年前在自己身上發生了什麼事？

再看以日記形式敘述的加古太太。她之所以開始寫日記，是出於心理醫師的要求，她自覺不能在日記中說謊，要毫不保留地將恥於告人的事都寫出來，因為那既是心理治療的一部分，又是某種遲來的救贖修正。不過，她並沒有把握自己真的能做得到。

她艱難地疑惑告白：「假如我在丈夫面前做一個毫不保留的、坦誠之人，是否他就不會為別的女人而死了呢？雖然我無法確知丈夫是不是為了那個女人而走上絕路的。」

換句話說，加古太太去探尋塔屋米花，糾結了更複雜的祕密，她同時要探尋自己死去的丈夫，也要探尋弄清楚自己在丈夫之死這件事上有多少責任。之所以必須寫毫無保留的日記，因為如果不能在責任與罪咎感方面得到答案，她的精神狀態無法恢復到能夠正常生活的程度。

由此在加古太太的心中產生了一份錯覺——她以為找到塔屋米花就能解開這所有的謎，知道丈夫為何而死，自己又是否有責任、有多少責任。然而不用讀到小說終結，情節進行到一定程度，我們已經明白那是不可能的。弄清楚塔屋米花的祕密，仍然無法解釋加古之死，加古有加古的祕密，加古的祕密不等於塔屋米花的祕密。

加古太太的錯覺，她堅持尋找米花的執念，反映了更深層的壓抑。她要問的、要找的不是米花，而是她丈夫。米花是她探尋意念的折射替代，她有強烈衝動必須去探尋，然而卻又缺乏足夠的精神強度面對可能的答案，於是她將一切都放在米花身上，如此逃避或至少延宕了確切得知丈夫死前心思、意念的可能。她既想知道又害怕知道丈夫的祕密，因為丈夫的祕密背後，又糾結著她自己的祕密。

加古慎二郎的祕密

日記一開始就顯現了她內在的焦慮，她不得不承認自己不了解丈夫，幾乎像是不認識這個人。她和加古作為夫妻，卻在加古以那種方式去世後，才發現自己似乎錯過了這個曾經和她共同生活的人。

沒有比自願取消自己的生命離開這個世界更激烈、更戲劇性的行為了吧，然而作為妻子，她卻對丈夫的自殺全無意識、更全無知覺預期。她不得不懷疑、不得不問：「我不了解的這個人如此走上絕路，究竟和我有關係嗎？」如果不弄清楚，她會一直背負這份惘惘無法排解的罪咎感。

加古太太要去追探塔屋米花，抱持著能夠將丈夫之死因確確實實綁在米花身上的隱藏意念，那是她的心理防衛機制。她並不是一心一意要追查真相的偵探，她要追出來的，是符合自己可以脫罪的答案，卻也因此非常害怕最後得到的不是那樣的答案。她不得不猶豫，甚至有時表現出害怕知道真相的態度。

要去找古彩齋老闆時，她其實很害怕，勉強鼓足了勇氣才去得知真相，後來將真相寫在她的日記裡。然而那是關於塔屋米花的真相，卻不是關於加古的真相。她的疑惑與折磨沒有解決，出發去尋找塔屋米花時的根本問題仍然存在，仍然糾纏著她——「我為什麼會錯過了自己的丈夫？為什麼我不了解他？她只是為了塔屋米花而走上絕路的嗎？」這一直是小說中的一道伏流。

《月光之東》小說表面顯現的是平行的敘述，一章杉井、一章加古太太輪流推進。不過稍微仔細一點看，就會知道這樣的平行結構並沒有落實為內容的平衡份量。宮本輝對於這兩個角色的好奇與關心是不對等的。

可以換另一個角度說：宮本輝最後寫出的小說成品，和原本的設計規畫有了出入。小說沒有寫成他預期應該顯現的模樣。開頭並列了兩件有待追究的事：杉井想知道自己少年時期為什麼會迷戀上塔屋米花；加古太太想知道對於丈夫之死自己該承擔多少責任。然而寫著寫著，宮本輝對前一個主題的興趣愈來愈淡，於是杉井愈來愈像是推動另一邊更精采情節變化的工具，失去了原本和加古太太並列並重的地位。

小說中很精采的一段寫杉井去賭馬，然而這段讓人留下最深刻印象的，卻不是杉井，而是合田澄惠，透過杉井寫出合田澄惠的特殊魅力。杉井扮演工具性的角色。但寫加古太太就不一樣，宮本輝帶著高度同情揭示了她心靈上承受的強大壓力，她處在一個探索旅程中，要去靠近很可能足以將她壓垮的祕密。

屬於加古太太的雙數章有著值得細讀挖掘的潛文本，因為加古太太的逃避閃躲，所以必須由讀者自己去拼湊解釋才能知道到底找到了什麼、揭露了什麼。日記中的一句話：「如果我在我的丈夫面前做一個毫不保留的坦誠之人，是否他就不會為別的女人而死了呢？」成為貫串這些篇章的主題問句。

理所當然的「了解」

為什麼面對丈夫之死，加古太太說了這樣的話、提了這樣的問題？

之前的小說《錦繡》中女主角亞紀的態度，應該有助於我們了解加古太太。亞紀第二次婚姻生下了先天腦性痲痺的殘障兒，經過層層自省，最後她認定那可能是自己從來不愛丈夫，不曾向丈夫敞開心胸所造之「業」帶來的結果。所以小說最後，她決定和丈夫離婚，讓丈夫和真正相愛的另一個女人結合，好好去當那個女人生下小孩的父親。

對比來看，加古太太懷疑、卻又很不想知道：自己的丈夫也許是因為在家中得不到妻子的坦誠以對，得不到那樣的愛，才會被塔屋米花吸引，愛上了塔屋米花。她知道有這個可能，所以她希望能藉由找到塔屋米花推翻這個可能。

她耗費了許多精神、時間去追索塔屋米花，追出了很多事、很多資訊，但追出來的這些真的能解決她出發時戰戰兢兢抱持的大問題嗎？

這個主題及其寫法，將我們帶向村上春樹的《挪威的森林》，那裡也有一個突然自殺死去的人，沒有對自己的行為留下任何解釋，於是和他最親近的兩個人無可避免感受到強烈的衝擊與傷害。他們不知道、無法確定自己在這件事中有沒有責任、有什麼樣的責任。

還有，活著的人應該要去弄清楚死者的終極祕密，也就是他為何而死的原因嗎？《挪威的森林》中渡邊和直子之所以成為一對情人，是因為他們相濡以沫，一個是キズキ的女朋

友，一個是キズキ生前見的最後一個人、他的好友，他們有著對於キズキ之死的共同罪咎感與共同疑惑。

為什麼我們都不知道他要去死？我們忽略了什麼、錯失了什麼嗎？如果我們不要忽略不要錯失，是不是他現在還會活著？

作為妻子，加古太太對於丈夫有兩種不一樣的反應。一種是憤怒——丈夫抱持著她所不知道、不讓她知道的祕密死了，將她排除在生命最重大的決定之外。然後換成另一種反應——自己真的都和丈夫之死無關嗎？自己真的可能都沒有關係、沒有責任？更進一步，自己真的希望要和丈夫去死的祕密有關嗎？

這背後有著令人既傷感又不安的普遍訊息：我們究竟對於身邊的人有多了解？我們能如何理解自認為應該理解的人？又真的能理解多深、應該理解到多深？這甚至牽涉到很嚴肅的道德責任問題。

在日常生活中，我們都覺得適度認識、了解我們身邊的人，那是我們理所當然對於the sensible的分配狀態；然而藝術的作用就是設想逼到極端情境，使人突然產生了懷疑，發現自己其實應該要付出更多的感受，應該更了解這個人。進而我們也突然碰觸到了一個本質性的大問題，對於人的理解有限度嗎？有到達這裡一條清楚的線，反正我無論多努力就是跨不過去，因而停留在線的這一邊是必然的，發生在線的那一邊的，我無能為力，也就沒有任何責任？

我們是這樣認識人的嗎？是不是不管彼此多麼親近，都有一些碰觸不到的黑暗祕密呢？而且祕密似乎不是只存在於你和別人之間，也會發生在你和自己之間，你如何處理自己的祕密？像「私小說」傳統那樣地挖掘、揭露，展現了真正的自己的祕密了嗎？

那個不認識的我

《月光之東》包括了這兩個層次。一個是外在、別人的祕密，加古美須壽要去探測塔屋米花的祕密，後來也連帶知曉了津田的祕密，更要逼近丈夫加古的祕密。然而還有另外一層內在的祕密，最難探知的，那是關於自己，如何了解自己的感情、自己突發或沉澱的想法，如何弄清楚為什麼自己會對某些狀況有這樣或那樣的反應？

類似的寫法也出現在一九八六年出版的《優駿》中。那部小說有一個外在的祕密，牽涉到隱藏多年的私生子關係，卻因為十五歲的孩子腎衰竭，需要換腎，他的生父成了讓孩子活下去的最後希望，於是這個祕密不得不被揭露。

原本平順規則的生活，被揭露的祕密打亂了。十九歲的女兒突然知道了自己還有一個弟弟，甚至工作多年的秘書突然必須幫老闆處理這些帶有強烈感情衝擊的事務，於是相應地既有的生活運作，突然變得不再那麼有道理了。

但除此之外，還有內在的祕密。那是更幽微、更難說明卻又無法忽視、無法否認其存在的。過去十五年來，這個父親不曾對私生子付出任何感情，所以他立即的反應是「我怎麼可能要割一個腎給這個人？」然而接著他被自己的反應困惑了，不了解自己怎麼會這樣反應，想得更深一點，更不了解自己這樣的反應到底正常還不正常，再想下去，他進而對自己會感到困惑都覺得困惑。

那是內在的、更難挖掘出來的祕密。因為連自己都沒辦法知道。《優駿》書名指向人和馬的關係，誕生了一匹很特別的馬，引發了周遭的人強烈感受。好幾個人都愛上了同一匹馬，為什麼會這樣？那麼多匹馬，為什麼偏偏對這一匹如此偏愛？人為什麼會愛上馬，產生和馬之間的深厚感情，尤其對比，同樣這個人卻對自己親生的兒子無法有感情反應？

在牧場的環境中，光是人和一匹馬之間都會產生自己不能了解的感情，那麼是不是人與人的感情必定充滿更多難解的祕密？

有一種終極的內在祕密，連對自己都無法揭露。《優駿》和《月光之東》都在寫這個主題：一個人的生活中必定至少有兩個面向，一個自覺知道的、可以解釋的；另一個則是影影綽綽，有著存在的跡象，能夠感覺到，卻無論如何無法解釋。

我們很自然的會先看到比較容易解釋的那一面感情。媽媽依照認定的愛小孩，家人依照認定的彼此關心彼此協助。我可以解釋和這樣一個人的友情——因為我認識他三十年了，我們曾經一起去爬山、一起去旅行。然而現代藝術要發揮的作用，卻是提醒你，其實真正最重要、最深刻的往往不是這種容易解釋的感情，而是一些曖昧的、不怎麼有道理的念念不忘，無法跟自己清楚交代的強烈可生可死衝動，或明知不可欲也不可得，卻擺脫不掉的執著。

藝術的作用，現代小說的功能之一，在於逼我們承認這樣的感情。小說寫的是別人的故事，給了你一點距離的安全性；但小說寫的又是具體的人與事，讓你無法否認其現實可能。

壓抑歧異的集體性

宮本輝的小說顯現了祕密的關鍵重要性。人真正重要的部分不是他顯露在外表的，而是他沒有那麼輕易揭露給別人的。於是我們只能透過小說來進入那樣的領域。

日本「私小說」的傳統是要整理自我生命，形成一個牽涉到「私」與自我的narrative（敘述）。那什麼是「私」呢？「私」的第一層意思是不想讓人家知道的「隱私」，不適合公開，只保留給自己知道、自己記得。不過「隱私」還有兩種不同性質，一種是單純不該被公開、被談論，主要是社會慣習上的迴避；另一種則指涉有不應該做的原因，所以做了除了不能讓人家知道，還帶有罪惡感。

後面這種「私」構成「私小說」的主流內容，日本人很早就意識到這中間的曖昧性，在文學中建立了這樣的敘述傳統。人自願自動將不堪、黑暗、應該藏起來的「隱私」擺放出來，相當程度上就去除了其「隱私性」，洗刷、發洩了一部分的罪惡感。

日本社會講究外表的統一，有著嚴格的規範，在高度一致的集體面貌中，反而會讓人產生好奇與懷疑。生活在那樣的環境中，你知道自己有很多不符合規範而掩藏起來的行為與思想，當然也就會投射認為別人也有。許多在別的社會可以表現的歧異性，在日本都要被壓抑、隱藏，使得日本人意識中的祕密範圍比其他社會的人要來得寬廣得多。

反映在文學藝術上，像宮本輝的小說可以將人的內在挖掘得那麼深、挖出那麼多層次，正因為日本人心靈中、身體裡的祕密如此之多。美國人、英國人不可能這樣寫小說。他們要寫祕密，要在小說中揭露祕密，那祕密都必須是很嚴重、很戲劇性很驚人的。像伊恩·麥克尤恩（Ian McEwan）寫的《贖罪》（*Atonement*），小說書名雖然叫「贖罪」，然而內容真正傳達的，卻是一份無望能夠償贖的祕密。在那裡沒有更幽微的祕密存在的空間，因為幽微、曖昧一點的感情、動機、行為，在英美社會裡根本不成其為祕密，可以大方公開講述表達。

日本小說迷人之處，一部分源自在別的社會不必壓抑的，卻被壓抑了，只能委婉地作為祕密被揭露顯影。人的自我感受衝動大部分都不符合規範要求，不能直接表現在外，於是一般人與人日常交往，可能只能動用各自百分之二十的真實，要喝了酒之後，能有百分之三十五的真實，超過這個，那就沒有辦法，只能到小說裡去體會了。

小說才能設想極端情境，讓加古美須壽在追查丈夫自殺原因時意識到原來自己只了解那區區百分之二十，而且自己恐怕也只將百分之二十交給丈夫。什麼時候、用什麼方式人才能碰觸到那另外的百分之八十呢？

宮本輝擅長在小說中耐心進行一層一層的揭露，連揭露都不是直接的，交給讀者在閱讀中慢慢消化。

台灣寫實作家王定國

台灣當代小說家中，作品風格最接近宮本輝的，是王定國。王定國的寫作資歷很奇特，他很年輕十九歲時已經開始寫作而且得獎了，到二十五、六歲成為受矚目的青年小說家，然後突然離開了文壇，先是去當書記官，再來投身入建築開發業。他成為一個傳奇，因為他並不是經商失敗後回到文學創作道路上，他在建築業很成功，成立了自己的建設公司，是台中小有名氣、賺錢不少的建商。

然而他沒有忘情文學、小說，年過五十之後回頭認真寫作。回歸後他寫的小說，和活躍的其他小說家的作品都不一樣了。這些主流小說作者比他年輕二十歲，從奇幻小說、網路時代、電玩環境裡養成了他們對於小說的認識、理解。對他們來說，最遙遠最不熟悉也最無趣的，應該就是寫實主義了。

然而王定國卻一直堅持寫實主義的寫法。那是來自於他特殊經歷的一份無法讓步的堅持。如果小說不是要寫真實的情感、不能寫出真實的情感，那他何必回來寫小說？他曾經寫過那麼多宣傳文案，他看過那麼多商業欺詐，他的成功建立在另外一份挫折上。看盡了所有的虛情假意，生命中塞滿了爾虞我詐，他才變成了一個成功的建商。

他要回到文學，為了救贖自己曾經混跡在沒有真情的環境裡那麼久。選擇寫實主義，因為最貼近感情的真實。雖然不必然奇幻或後設等技法就無法傳遞真感情，但畢竟感情的虛實，和敘述的虛實還是會有連帶關係。

王定國和宮本輝一樣，都是要透過描寫那種看起來真實的人，處在當下真實的社會條件中，來反映真實的情感。對他們來說，寫出不像現實會有的人與情境，會妨礙、傷害讀者從小說中領受真情的機會，他們沒有理由要冒這個危險，和讀者間的真情溝通，才是他們寫小說的主要目的。

抱持寫實態度成為少數、異類，主要是因為很多人認定寫實主義已經過時落伍了。寫實已經被寫爛了，不可能再翻出什麼新把戲來。過去至少三十年來，固定形成了關於小說的刻板印象，認為寫實最簡單所以也最無聊，要顯示自己真的會寫小說的人，一定要在寫實之外，找到更能表現自己技巧本事的其他寫法。

從這個角度看，宮本輝凸出之處，在於他仍然在寫實這條路上，而且一直都在，竟然到現在沒有被淘汰。

親密私語的寫實技法

宮本輝的小說很容易讀，一個理由是他不挑戰讀者的理解能力，還有另一個理由是他藉用非常細膩的敘述語法，創造出特殊的親密性，讓讀者自然地信任小說中所描述的情節、角色所說出來的話。這其實不是那麼容易達成了，在這裡藏著宮本輝的技巧成就。

在《錦繡》中，我們讀到一對離婚夫妻十年偶遇後的書信，設定的角色關係背景讓他們動用了雖疏離但隨時可以跳入親切親密的口吻，有效地帶領讀者進入他們的婚姻與生活煎熬。《月光之東》中的兩個敘述者用的也是很黏、和對象沒有距離的告白態度。加古美須壽寫的是日記，但日記卻是依醫生要求寫的，和一般自願只為自己保留紀錄的日記又不一樣，在目的上一開始就設定了是要和自己對話，將自己分裂為寫日記和讀日記的兩個身分，用這種方式來尋找、整理難以承受的經驗與思緒。

我們讀到了她為和自己對話而寫的日記，那不是耽溺的自說自話，而是有說話對象的，然而那對象又和寫作者沒有任何的距離。如此等於向讀者交心，對讀者完全信任、開放。

宮本輝能以寫實方式成為日本文學大家，一部分因為他繼承了從「私小說」累積而來的種種親密敘事方式，不過也因此，他建立的讀者關係必然帶有高度的文化特性，是一種特別對日本人親密私語的寫法。這樣的語言很難跨越文化差異，很難在翻譯成其他文字時得以保留下來，這也說明了為什麼他的作品外譯得那麼少，離開日本，他的知名度、影響力和村上春樹完全不能相提並論。

從日本這邊我們看到宮本輝繼承「私小說」傳統，從西方那邊看過來的話，那麼宮本輝則是繼承了十九世紀的寫實主義小說的基本價值觀。尤其是他的《流轉之海》，寫法和企圖上，都指向老派的寫實主義。

就像托爾斯泰要以《戰爭與和平》一部小說寫拿破崙戰爭時代的俄羅斯。《流轉之海》也是要透過小說，建構小說角色的經歷來盡可能描繪、表達一個時代的全幅面貌。《戰爭與和平》中動用了五百多個角色，《流轉之海》不遑多讓，小說中出現了超過八百個人物。

宮本輝以自己的父親為原型，在小說中將松坂熊吾寫成了一個代表、一個象徵，那是戰前被軍國主義崛起壓抑、取消的一份市民意識，在敗戰的廢墟中重新覺醒、復甦，種種波折後最終構造了日本重建的骨幹。

他等於是在《流轉之海》中以關西大阪本位，重述了日本戰後歷史，解釋了日本經濟起飛是如何形成的。更進一步他在小說中提供了一種不一樣的史觀，凸顯這段戰後史的核心重點，不應該是美軍總部、自民黨或團塊政治體制，而是日本庶民，尤其是他們為了求生存而開發進行的商業活動。市民本位取代了國家本位，商業計算折衷取代了政治權力談判爭奪，成為歷史的決定性因素。

賽馬產業與職人文化

宮本輝在《錦繡》和《月光之東》裡動用的是婚姻關係中的對話，那樣的親密性比較容易被台灣讀者接受，翻譯後仍然足以保存相當的感動力量。相對地，也可以找得到中譯本的《優駿》，對中文讀者就比較有阻力，因為主題是我們沒有那麼熟悉，在我們的社會裡沒那麼有基礎的「職人精神」。

而且宮本輝還選擇了我們的社會中根本不存在的行業——賽馬和培育可以參加賽馬的馬匹。香港有賽馬，關於「九七回歸」留下最有名的話是：「五十年不變，舞照跳、馬照跑」，不過我們很難想像在香港能夠出現像《優駿》這樣的小說。寫這本小說，宮本輝必須對這些相關行業都有深入的了解，徹底弄清楚相關的每一個環節，再將故事融入賽馬活動細節中。

換另一個角度看，這也是宮本輝展現的日本小說作者「職人精神」。對於要寫的題材，他們會投入最大的精神不只是去蒐集資料、去進行調查，更重要的是去真切體會。在《約定之冬》小說裡，宮本輝表現了他對於蜘蛛生態的深入認識，如此才能有理有據地建構蜘蛛憑絲漫天飛舞的奇景，並且從中衍伸出對於環境偶然與冒險勇氣間的連結。他還認真地研究、消化了關於雪茄的豐富知識（自己應該也養成了抽雪茄的愛好與習慣吧！），以對待抽雪茄的態度、觀想作為對主角之一上原桂二郎的描述主體。

《優駿》書中，宮本輝將賽馬這個行業一塊一塊切分開來，讓我們意識到其間牽涉的複雜環節。一塊是關於配種、育種的，一塊是關於養馬、訓練馬的，還有一塊是關於真正上場騎馬的馬術師的。另外很大一塊是和賽馬賭博有關的，那本身又分成好幾個不同專業。這樣還沒完，不能忘了一種人——馬主，出錢養馬、擁有馬的那些必然有錢有勢的人。

在《優駿》中，每一個環節行業都有一個或幾個代表性的角色，最先登場的渡海博正是育馬牧場的十八歲少主人。馬生下來之後，換到養馬的牧場，看到了吉永牧場裡的人，然後接著又有和賭馬關係密切的記者，而最後將所有環節貫串起來的馬主、大老闆和具平八郎，會花四、五千萬日幣去買一匹馬的人。

「職人小說」或「職人漫畫」在日本很流行，以既具體又帶有高度戲劇性吸引力的方式讓讀者深入了解一個行業。《優駿》中描述馬師奈良五郎就是很典型也很精采的「職人小說」寫法。

奈良騎的是一匹不被看好，甚至是不可能被看好的馬。這匹馬在一歲時被其他的馬將臉踢歪了，照道理說，存有這樣受傷記憶，會害怕其他的馬，絕對不可能去當賽馬。賽馬起點的閘門前會密密地排列了二十一匹馬一起出發，只要有一點害怕的念頭，和其他馬同時出發稍微躲避，立即就落後了，怎麼可能奪勝？

然而這匹臉被踢歪的馬天生條件很好，竟然在奈良五郎手中被訓練出來，連續幾次重要賽場都贏了，成為和他的名字Miracle Bird呼應的一個傳奇。

宮本輝用奈良五郎的觀點寫賽事，讓我們跟著看到了許多細節。像是一個馬師的馬鐙高度，高一兩公分都有關鍵作用。如果馬鐙長一點，腳夾住馬的面積比較大，增加在馬上的穩定度，可是如果前傾時身體的風阻會增加。那麼一點點小差別，都可能成為勝負因素。

每位馬師有不同的個性，也就和他的馬會有不同的互動關係，有對待馬的不同策略，而且因為不只牽涉勝負，還牽涉高額賭金，馬師們彼此之間爾虞我詐，必須盡量蒐集別匹賽馬的習慣資料，又要防止別的馬師對自己的馬和自己的騎法能夠有所掌握。

賽馬全程只有一分多鐘的時間，開跑後有些馬善於衝到最前頭，有些馬則是靠追趕後勁，馬師必須考量其他馬匹的長短處來安排自己的配速。有時要讓馬放開跑，有時則要拉住馬保留體力，有時和其他馬密接跑內圈，有時要往外和其他馬拉開距離，還要選定跟哪匹馬有什麼樣的聯合或對決關係。

所以馬師和馬師之間也就隨時在交換情報、也隨時在創造虛虛實實的訊息，並且整理判斷自己所得到的訊息是真是假。如此小說中呈現了這個行業的高度複雜性，同時呈現了不同個性的人不同的行事風格，決定了他們在這行業中的盛衰榮枯起起落落。

複雜的三角情誼

馬師們有行業內部的爾虞我詐，不過他們又被外在更龐大的爾虞我詐包圍著。奈良五郎騎贏了一場比賽，竟然被換掉，不能在下一場很有機會能贏的比賽繼續騎 Miracle Bird。那牽涉到一個以婚姻為賭注的陰謀，另一位馬師寺尾去追牧場主人的女兒，藉此將 Miracle Bird 搶過去。奈良五郎當然不能接受自己訓練成功的馬匹被奪走，他本來可以騎著 Miracle Bird 進入最重要的 Derby（德比賽）或 Classic 賽事，極度不甘心中，他故意誤導寺尾，給他錯誤建議，結果釀成了痛苦的悲劇。悲劇令人驚愕，不過更強烈的是我們了解來龍去脈後深刻的感慨。

宮本輝在小說中有一個神來之筆，穿插了一個原本和賽馬一點關係都沒有的多田。其他角色都和賽馬有著根深柢固的淵源，或對賽馬投注了高度熱情，多田卻是作為和具平八郎的秘書才牽扯進來的。

多田三歲的時候母親就離家，等於是被母親拋棄的兒子。母親和一個有錢的男人走了，另外成立家庭。長到十幾歲，多田終於存了錢能夠到遠方博多去找母親。然而母親的反應是：「你來這裡幹什麼？你沒有告訴我，你就來這裡，對我是很大的困擾。」而且對他同母異父的弟弟說：「這是我朋友的兒子。」他心中有非常深的傷痕。

具備如此身世背景的多田服務的和具平八郎，則有一個婚外情生下的兒子，十五年來對那兒子不聞不問，一直到兒子需要換腎而突然又出現在他意識中，他在自己都無法解釋的心境中，對這個叫「誠」的少年產生了強烈的感情。

平八郎無法理解自己對這個小孩的感情，多田更無法理解老闆為什麼對誠會有這種反應。多田不能理解的，還有他自己和老闆的女兒久美子之間的互動感覺。而久美子也對自己知道原來有一個異母弟弟的反應感到無法理解。

後來在多田、久美子和誠之間形成了奇特的，恐怕更難理解的三角關係。多田清楚感覺到自己嫉妒久美子對誠的喜愛，甚至會要和久美子競爭誰比較更喜愛誠。那是一種不正常的情感，無法對自己說清楚的情感。

這幾個人心中都有著無法對自己說清楚的種種情感糾結，因為無法解釋，在現實中我們往往就不承認、不接受，將那樣的感情壓抑或排除，然而宮本輝的小說最特別也最精采的，正在於去挑動這種情感，去探索這種情感的種種作用。

這也是讓《優駿》和一般「職人小說」區隔開來的主要因素。雖然放入了那麼多詳細賽馬職業知識，但這部小說刻意平行地寫人與馬的關係，以及人與人的關係。這個行業的核心是馬，職人的關鍵本事是認出、訓練出可以跑贏的馬。然而在宮本輝的寫實筆下，很多人無法解釋自己為什麼特別喜歡或特別討厭一匹馬，甚至常常無法對自己承認這種喜歡或討厭的感情。連在職人的嚴格環境中都無法掌控人與馬之間的關係，那人與人的感情互動當然就更難理解了。

和《月光之東》一樣，《優駿》裡寫得最精采的也是祕密，不是那種自己知道不告訴別人的祕密，而是更深一層、更幽微難測，連自己都沒有把握，介於知與不知間的祕密。

小說裡每個人都有祕密，也有對祕密的探測。站在中央位置的是和具平八郎，因為他有最多祕密，要面對最多祕密，於是在他的生活中一波未平一波又起，不斷地自我揭露；自我揭露中難免碰觸到別人的祕密，又刺激他換另一個方向認識自己。

可解與無解之謎

宮本輝有一項極其純熟的小說技法，那是交互運用謎與解謎的過程。他擅長鋪陳一個龐大雲霧繚繞的謎，像《月光之東》裡的塔屋米花這個人，謎的懸疑引動我們好奇追讀，但實際上這個大謎並不像外表看來那麼繚繞迷濛，到最後宮本輝會巧妙地解答了我們的好奇疑問，讓我們得到解謎的滿足。

然而還有另一部分，像是加古美須壽的寫法，表面上看起來讓我們直入內裡都能夠讀到她的日記自白了，然而她的敘述卻愈發展愈猶豫、愈沒有把握，我們認同她的感覺，到最後也就跟隨著她而察覺心上破了一個洞，一個找不到方式可以填補的洞。

小說開始時美須壽因為丈夫加古慎二郎去世受到巨大打擊，在心理醫生建議下開始寫日記；最後她將古彩齋老闆告訴她的話寫在日記裡終結了日記。然而仔細檢驗一下，直到日記結尾，她仍然不知道塔屋米花小時候發生什麼事，不知道塔屋家是怎麼一回事。作為敘事者離開這本小說時，美須壽仍然將小時候的杉井誤以為是自己的丈夫加古慎二郎。

換另一個角度看，小說的另一位敘事者杉井他也從來都不知道津田和塔屋米花間的關係，因為那是古彩齋老闆說給美須壽聽的。

於是產生了奇特的情況，兩位引領我們進入這個糾結故事的敘事者不知道的事，只有我們完整知道了。是我們藉由兩個人分別的探尋結果放在一起，形成拼圖般塔屋米花的身世。

塔屋米花不再是一個謎。她的親生父親是名義上父親的弟弟，是她母親原來的丈夫。她母親和大伯，丈夫的哥哥有了不倫畸戀，兩人帶著塔屋米花私奔流落到系魚川，在那裡生下了米花同母異父的妹妹。

塔屋米花的童年到少女時期，一直承受著母親私奔帶來的高度壓力。那是日本社會絕對無法接受的關係，如此組成的家庭只能不斷逃，逃到沒有人認識他們的地方，一旦被認出來被知道了他們的過去，就必須趕緊離開再換到別的地方去。

然而如此一來他們總是倉皇到達一個新的地方，又很容易引起當地居民的懷疑，乃至刺激他們去探問這家的來歷祕密，沒多久之後很可能他們又必須搬家了。米花在這種環境中強烈感受日本社會的高度集體制約力量，一對男女的婚外關係，在這樣的制約中被高度妖魔化了。在祕密私語中米花的父母像是帶著魔法厄運、不能被接受甚至不能被碰觸的人，其實他們只不過是愛上了親族中不應該愛的人而已。米花六歲時被帶走，也不是什麼恐怖的事，帶走她的，是她的親生父親，在人倫悲劇中只好偷偷摸摸來看她，將她帶走了一夜。

那些可怕的傳言，後來都弄清楚了，不是事實，來自於高度制約社會所產生的想像，在譴責他們時集體自動加碼，想出各種可怕的事投射在他們身上，來強化、深化自己對他們的厭惡與隔離。

加古美須壽的日記

親生父親在塔屋米花六歲時將她帶走，帶到「親不知」車站過了一夜，之後沒多久，生父就過世了。在米花的母親和養父身上留下了多重、無法排解的罪惡感。

一個背棄了丈夫，另一個背棄了弟弟，這已經帶有濃厚罪惡感了，又在不斷逃離別人眼光的過程中，不斷被提醒、強化這份罪惡感，沒有喘息、放下的機會。兩人私奔後生下了女兒，竟然從小就罹患腦腫瘤，手術之後變得智能不足，那看起來是對他們雙重背棄行為的天譴啊！再加上遭到雙重背叛的男人來看女兒，不久後又去世，再增添了一分詛咒迷疑吧。

塔屋米花從小不喜歡回家，別人會覺得很奇怪，因為去到他們家沒有感覺什麼不對勁的氣氛，然而米花當然察覺了潛藏的極度不自在，底層無法排解的罪惡感使得這個家庭無法正常，尤其無法給米花正常的溫暖。

米花在魚系川住到初中一年級，從小學到初一的時間中，她遇到了這兩個男孩——杉井純造和加古慎二郎。她和兩個男孩都去看過月亮，兩個人對她都很重要。是從這裡而有了書名《月光之東》，米花對兩個人都說了謎語般的：「到月光之東來找我。」

「月光之東」是哪裡？或是什麼？兩個人都去找了，但最終提供答案給我們的，卻不是這兩個人，而是美須壽。美須壽最早認為塔屋米花害死了丈夫，探尋之後步步逼近事實，最終解答了「月光之東」的意義。

在地理上，「月光之東」來自中亞的歷史情境，遷徙到西邊去的人懷想在東方，「月光之東」的故鄉，不過對塔屋米花來說，那指的是她所需要的一個虛構空間，讓她能離開不愉快也不可能愉快的現實環境。那是她不斷懷想創造出的一塊夢幻之地。她和一般人活得很不一樣，她必須設想一個夢幻之地擺脫罪惡感，「月光之東」是罪惡感到不了、無法繼續籠罩她的地方，她靠著這樣的想像才能忍受現實。

美須壽剛開始抱持著無法排解的憤怒，所以才要寫日記，然而她面對日記也依然懷疑：「假如這本日記也能像一個高明的精神科醫師，將我心裡吐露的東西都照單全收，那就太好了。因此在這本日記裡，我絕不能說謊，我要毫不保留地將恥於告人的事都寫出來，但我真的做得到嗎？」她知道應該要對自己坦白來紓解內在的壓力，卻沒有把握自己做得到。

這裡表現了宮本輝對心理治療的深刻認知。美須壽覺得自己的問題在於強烈的憤怒感受，然而醫生要她寫日記，日記的內容卻不是指責發洩。這正是醫生的重點，藉由書寫，在書寫過程中美須壽認識到自己真正想說的是什麼。

一味的憤怒指責，不會產生發洩解壓的作用，因為那樣的過程通常牽涉到自我規避，避免去看自己在事件中是否扮演了什麼角色。憤怒指責其實是要將所有的責任推出去，說服自己：「我沒有錯」、「都不是我的責任」。如此反而推開了自我，無法面對和自我關係最密切的真相。

憤怒最可怕之處在於讓人逃避責任，被內在太強的內咎逼著沒有辦法面對自己。加古美須壽如此憤怒，然而她知道寫日記應該完全誠實，她立即體會到不知究竟該寫什麼，也就是體會了那些憤怒指責不是自己最真實想說、想記錄的。

美須壽在日記中回述身世故事短暫提到了一件事：二十六歲結婚前，她曾經和一個已婚男人在一起過。最特別之處在於，這件事如此輕描淡寫帶過，沒有細講，而且之後再也沒提起、再也沒出現。

這細膩地顯現了日記的矛盾性質。應該誠實，應該說不敢對別人說的事，然而畢竟還是跳過閃過了對自己不方便、自己不願再去面對的事。而矛盾的肇因，來自美須壽在迴避卻又迴避不開的下意識中，擔心自己可能需要對丈夫之死負一定的責任。

塔屋米花的幻夢

少女米花對兩個男孩送出了邀請：「請你們進到我的夢幻之境來找我。」那時候她的生命歷程才剛開始，而這話卻已經構成了不祥的預兆，她似乎已經預見了未來生活的現實絕對不會是她想要的。只有十幾歲、才初一，但她想的就已經不是這兩個她喜歡的男孩會在未來的現實中扮演什麼樣的角色，而是根本不要和他們在現實中相見，期待他們進入那非現實的夢幻之境。

兩個男孩當時太年輕了，他們不懂，能夠了解米花心情的是和田孝典。和田孝典去世後，他妹妹和田惠找到了一封要給塔屋米花而未寄出的信，信中有一句話說：「希望有一天，我可以帶著微笑，在妳不再漂泊的生活當中與妳相遇。」這句話最清楚解釋了米花的幻夢，那就是一個可以不再漂泊的生活狀態，那就是「月光之東」。

初中一年級之後，塔屋米花搬到信濃大町去，然後又搬到門別，更遠的北海道。她的父母，原本因為強烈愛情作用而選擇背離人倫與社會慣習的夫妻，有了愈來愈嚴重的衝突。年紀大的丈夫懷疑在旅館工作的年輕妻子有什麼問題，不斷找她麻煩，用各種方式虐待她。愛情顯然不足以維繫這個家庭了，壓力使得家庭逐漸崩解。

塔屋米花不可能依賴這充滿內在重重罪惡感，又持續崩解中的家庭，她堅決不向如此不尋常的環境低頭，要設計、選擇自己將來的路。她當然因而必須付出比別人高得多的代價。

她在北海道牧場裡打工而認識了馬主津田富之。這一段和馬與牧場有關內容，如果讀過《優駿》可以幫我們填補許多背景知識，尤其是更具體地認識當馬主的會是什麼樣的人。個性強悍的十七歲米花，進行了她人生中第一項計畫──有意地勾引了比她大三十二歲的津田富之，為了要贏得津田作她的金錢物質贊助者。

靠津田的贊助，米花得以如願到京都念私立大學，再到巴黎留學。完成學業之後，米花回報津田，幫他擴張事業版圖，從原先的畫廊跨足到高級波斯地毯進口買賣，依照她的計畫，下一步她應該可以得到自己的事業，從津田那裡獨立出來。不過她後來沒有離開津田，仍然維持和津田的糾結關係，一直到津田的妻子去世，爆發了撲朔迷離的「假畫事件」。

「假畫事件」從一個角度看是塔屋米花的疏忽造成的，不過換另一個角度，則是津田富之近乎自棄的一項自譴報應。他的妻子剛去世，引發了他心中的強烈罪惡感（又是罪惡感！），他相信應該會有一場災難作為報應發生在自己身上，而由塔屋米花釀造的這樁事件正符合了報應的條件，於是津田放棄任何挽回、補救的努力，讓畫廊因而被毀了，原來的自己也等於同時被毀了，變了一個人隱居到倉敷去了。

這事件對米花當然也是嚴重打擊，尤其是事件將她的家庭背景陰影帶了回來，像是成長期的悲劇以鏡影的形式複製重來。原始家庭裡父親比母親年長許多，使得米花自然地找了年長男性來當保護者，也就是她有意識利用的對象。然而在津田富之的妻子去世之後，她才發現對兩人的婚外關係，津田竟然也抱持著如此強烈的罪惡感，刺激米花進入了狂亂狀態，大約有六年的時間她感到痛恨津田，而且想要找到方式發洩報復。

其中一種方式是故意勾引杉井純造。杉井後來要結婚了，代表米花的誘惑失敗，於是她忍不住仍然帶有惡意地在婚禮時傳了「來找我」的訊息。杉井躲過、抗拒了她的manipulation，然而另一個人卻沒躲過，那是加古慎二郎。

到月光之東來找我

在心裡受傷的情況下，塔屋米花想起了少女時期曾經發出「到月光之東來找我」邀約的兩個男孩，當然現在他們都是男人了，有婚姻有家庭的男人。她刻意選擇了加古慎二郎當她的情人，從美須壽抄在日記裡五封米花寫給加古的信，我們可以明顯看出米花的manipulation。包括故意將信寄到加古家中，將寄信人寫上杉井純造的名字，還寫上杉井的真實地址。

她要報復、要破壞的，是婚姻這件事。原本和津田的關係中，米花不在意婚姻，然而從津田的罪惡感中，讓她驚訝體認到婚姻竟然具備這麼強大的力量，震撼喚起了她一直努力壓抑的兒時陰暗記憶。她故意要破壞加古慎二郎的婚姻，還要挑激加古慎二郎的嫉妒，加古知道杉井也喜歡米花，知道米花也曾經和杉井去看過月亮。

對照地，顯然米花也同樣去操弄刺激杉井對加古感到嫉妒。杉井去找米花，特別問她：「妳有和加古去看那棵大櫻花樹嗎？」她故意寫杉井的名字，將信寄到加古家，很有心機地多重控制加古的感情。

但後來塔屋米花和津田富之和解了，她幫忙收拾了津田的事業，重新開了專賣一份三千五百元奶油可樂餅的高級名店。開了店，在事業最成功時，塔屋米花回到門別，當年認識河田孝典的地方，依照承諾，開設了「孝典學園」，在那裡收容和她妹妹同樣的智能不足小孩。然而三年之後，「學園」的公款被平瀨侵吞，迫使米花賠了錢之後將「學園」關閉，讓自己的人生再度重新來過。

她回到和孝典的承諾，顯示了早早去世了的孝典最了解米花。米花是一個注定不斷漂泊的生命，無法在任何地方定下來，在這點上她和日本社會認定的「正常」有著最大的衝突，以至於使得她變成了一個謎。她一直在不同身分間游移著，沒有讓人可以方便認知、掌握的固定身分，形成了理解上的障礙。

宮本輝要表現的，其實塔屋米花並不是真的有多少祕密，之所以必須動用兩個敘述者去追蹤她、表現她，主要是因為她如此漂泊不定。小說到後來所有的謎都解開了，不是祕密讓人們無法看清楚她，而是她在社會上找不到位置，或者更應該倒過來說，這個社會排除這樣的女性有一個可以安身的位置。

加古慎二郎的死因

如此存在的人，對這樣的社會有著特殊的意義，在小說中是由加古美須壽和杉井純造兩位敘事者來承擔的。美須壽面對丈夫之死的衝擊，想要抓住那個涉及丈夫之死的女人，認為可以由那個女人來為她提供答案，然而在追索的過程中，美須壽被塔屋米花的生命經驗吸引了，以至於想要進一步了解米花的動機高過要知道加古慎二郎自殺的原因。

而且愈是追索米花，就愈是回頭對自己有了更清楚的認識。剛開始時一個簡單的念頭就讓美須壽嚇了一跳，她發現自己想要見到那個女人，看她有比自己漂亮嗎？對這件事自己會有那麼低層次的競爭與嫉妒心理，即使要競爭的對象，加古慎二郎都已經死了？

第二章中，日記裡一再出現美須壽到安倍醫生那裡拿藥，必須吃藥才能睡，但到第四章，她自己都不知道發生了什麼，她變得可以不依賴藥物都能睡了，甚至還會有好心情。

關鍵在於：她不再仇視塔屋米花，她不再動員憤怒情緒來自我保護。美須壽一共只見過米花兩次，而且兩次都是看到背影。第一次她不知道那人是米花，但在看過了那個背影後的第二天，她從街上旋轉門反射中看見了自己的背影。她和米花之間有著某種神奇的對照連結。

本來是要弄清楚加古慎二郎之死，後來這件事似乎被拋到一旁了。仔細認真讀，我們明瞭了這種處理方式是和加古慎二郎死因相襯的。有點殘酷、有點可怕的答案：加古之所以走上了生命的不歸路，因為他是一個太正常的人。

加古一輩子沒有什麼不對勁的地方。小時候他很會讀書，讀到全縣第三名，塔屋米花約他到古老神社看櫻花，被發現之後，同學只會嘲笑米花，卻沒有什麼人敢作弄加古，正因為他太會讀書，是好學生。接下來他念了一流大學，畢業後進一流商社，在商社裡做了所有可以幫助他前途上進的事。

連他的婚姻都是「正常」的婚姻，和他的妻子之間並沒有強烈互相吸引、了解的激情動力。加古死了之後，美須壽在叔叔安排下去上班，開始體會了丈夫所過的生活，也就是在日本一個正常的、尋求出頭的男人的人生。那是很辛苦的生活，必須隨時維持門面，小時候的成績是門面、大學文憑是門面、服務的公司是門面，甚至婚姻、妻子也是一種門面。

美須壽必須面對的責任在於：承認自己實在不了解丈夫是一個什麼樣的人。小說中宮本輝用濃重的色塊描繪塔屋米花，卻相對用簡筆素描呈現加古慎二郎。加古慎二郎開車很猛，而且是不自覺的凶猛。這件事和他其他部分的行為很不相稱。另外他看電影很投入，很容易就哭了，不只將自己投射在角色身上，他們難過時他會哭，連他們幸福時他也會哭。

簡筆同時也就畫出了加古慎二郎的死因。他其實是一個感情豐富又衝動的人，卻被外在環境與教養形塑成為高度壓抑的「正常人」。像是有一個硬殼罩上去，將他扣成了模子的形狀，他依照模子而不是自己的本性活著，所以「正常」的每一天他都活得很辛苦、很累。

他宿命地遇到了漂泊的米花，被引動了內在的真實自我。他多情又衝動地去到了「月光之東」，和塔屋米花去到了她的夢幻之境，然而在那裡他卻抓不住米花，米花還是那個漂泊者，兩天之後就又離開他去找津田富之了。

米花離開後的五天中，加古顯然做了一個決定——再也不要回到原來的生活。他無法面對回去的路途，回到那樣完全固定行禮如儀，沒有實質的理解與愛的婚姻中。

因果相連的人間戲劇

如果說塔屋米花有責任的話，那是啟動了真實的、內在的加古慎二郎，讓他無法再忍受外表扮演出來的加古慎二郎。會用那種衝動方式開車的加古、看電影時如此激動投射，在電影角色上投射自己處境悲哀的加古，他再也回不去了，他願意付出任何代價，拒絕回到那個日本社會。

失去了丈夫的美須壽最終和自己和解，她必須原諒加古。她對死去的丈夫說，被那個女人徹底拋棄了，你得不到那個女人，你可以回來。但加古慎二郎沒有機會回來被妻子接受了，時間造成了不可逆的因果。美須壽會有這種態度，是因為丈夫已經死了，被丈夫之死刺激，她才可能如此用心地去追索、去了解。如果加古慎二郎沒有自殺，她必定還是只能回到一個不了解他也沒有強烈動機要了解他的妻子，和一個由外表形式構成、沒有實質、沒有溫暖的家。那裡不會有兩個人直接的心靈溝通，更不可能會有美須壽那種體貼原諒的心情。

美須壽對死去的丈夫說：「你不需要為了一兩個女人就去死的」——意謂著外遇不是一件那麼嚴重的事。其實那是美須壽的自我安慰，因為她知道，正就是因為她知道的，加古不是為了一次外遇感情或任何一兩個女人而死的，他是為了塔屋米花。

到此美須壽費了那麼大力氣尋找答案，她也已經了解加古慎二郎為什麼會為了塔屋米花而死，但她需要給自己這個下台階，以便原諒加古、也原諒自己；在心理上同時解決表層的——為什麼丈夫會在那時那裡自殺？——和底層的——我的責任究竟是什麼？——困擾。

在《錦繡》中我們已經看過宮本輝直接提出「業」來鋪設小說的思想底色，同樣的，在《月光之東》裡，佛教的因緣觀念伏流湧動，讓我們意識到所有事物間有非常複雜的因果連結，那不是人主觀能夠控制的，甚至是超越人的理解能力的。人生最重要的考驗，最需要智慧之處，是遇到了複雜因緣產生的不預期變化來臨時，我們該怎麼辦、能怎麼辦？

在《優駿》中有一個清楚的主軸，在小說裡讓久美子說出來：「這一匹馬誕生之後，這些人的人生都被改變了。」這些人的生命因果環環相扣，只不過是特別喜歡一匹馬的情感，就讓他們捲入其中，在互動間改變了彼此的人生。

宮本輝不讓我們從這件事上避開：善惡、好惡、喜怒哀樂都不是單純的，都不是你自己可以預想控制的，往往你只能活在自己無法控制的感情作用後果裡。多田掙扎著要去弄清楚自己對和具平八郎的感情，久美子和多田交錯，要弄清楚為什麼自己對這個異母弟弟會有強烈的感情，還要弄清楚自己願意付出多大代價愛或不愛博正。他們的困惑再真實不過，而他們的努力不必然會帶來答案。真正的人間戲劇，就是人與人似有條理卻又滑溜難測的因果連結。

失去自己的形狀

其實在潛意識中，美須壽已經察覺加古自殺最根本的原因，所以她才會受到強烈心理干擾，也才要去弄清楚自己到底有沒有責任、有什麼樣的責任。如果併合有類似情節的《錦繡》一起讀的話，我們會看到宮本輝的警告：剛發現配偶不忠祕密時，很自然會激起強烈的憤怒，然而憤怒只會使得祕密變得更深、更不會被揭露，憤怒中人就永遠不會理解對方為什麼會出軌，在那段關係中他經歷了什麼、有過什麼樣的感情，於是被埋藏到深處的祕密製造了兩個人終極的疏離，結果往往是原本就存在於兩人之間受各種因素影響的偶然性疏離，變成是本質性的關係斷裂了。

真正最大的代價，不是婚姻，而是失去了自我認識的機會。《錦繡》裡的亞紀和《月光之東》裡的美須壽，都是有了能夠將憤怒暫時懸止的方式，試圖問出對面的真相，從過程中得到了豐富自我生命的領悟。

美須壽看到了一個她不認識加古慎二郎，並且探索了為什麼她會不認識自己的丈夫。如果說真的有一股力量將加古推向死亡，那不是塔屋米花，也不是美須壽，而是那樣一種逼促慎二郎成為沒有真實生活的「菁英分子」的社會結構。

於是小說要描述的，就超越了加古慎二郎這個角色。而是所有不論被迫或被騙而安於社會模式，放進社會期待中徹底壓抑、消磨自我本性的人。本來會長成圓形的西瓜被放進方盒子裡，永遠失去了看到自己圓形模樣的機會，如果一直維持那樣沒問題，但萬一突然盒子被打破，不再有外殼的限制與保護，會帶來難以應對的危機。

加古慎二郎的生命中早在十幾歲就埋下了地雷，他遇到從來都不在盒子裡，以漂泊為生命常態的塔屋米花，遇到了這樣一個受苦而自由的靈魂，不論如何受苦、如何不堪，這靈魂始終是自由的。

我們不應該意外加古慎二郎選擇自殺，他沒有別的路走了。正因為他的死因源自太過正常的人生，所以小說也必須克制低調地描述他的故事。如果恣意寫得淋漓盡致，那就不會是正常到無聊、無聊到讓加古最終活不下去的人生了。這種寫法適當地呼應了最後逼死加古的那份難以忍受的荒蕪。

從加古的極端經驗，小說彰顯了塔屋米花的作用。這樣一個漂泊不羈靈魂的存在，挑戰每一個人被外在環境範塑的部分，使人在對照下感到不安，開始產生懷疑。

加古慎二郎是被塔屋米花選中的；美須壽則是在丈夫死後，主動去追索米花的。很不一樣的途徑，但受到了同樣的衝擊，有了同樣的反應——反省質疑自己過去的人生是什麼？那樣的人生和內在的自己有什麼關係，是一致的還是逆反的？

對遇到米花、被米花吸引的人來說，米花是希望也是災難。關鍵在於他們原本的生活有多虛偽：加古的人生內外差距太大了，以至於他活不下去，形成了終極的悲劇；美須壽相對是幸運的，經由原先她其實不了解的丈夫之死，她間接遇到了塔屋米花，從而認識、開展了自己的另一面。

小說中有兩個敘事者，然而由美須壽擔任敘事者的雙數章會留給讀者更深的印象。單數章中杉井純造是比較功能性的敘事者，主要是讓他帶我們通往合田澄惠和柏木來呈現塔屋米花。杉井一直停留在更淺一層的困惑中，他困惑著自己為什麼會一直想找塔屋米花？

加古去世後，杉井想起了自己的婚禮，接著他遇到了加古太太，一度他以為自己的動機是延續小時候對塔屋米花的關心。他在少年時期就認識米花，知道她的家庭狀況以及坎坷的成長過程，因而一直抱持著期待，希望即使是像米花這樣的人仍然有可能得到幸福。

不過一直找下去，慢慢地他體會到自己的動機有一部分來自於嫉妒，嫉妒為什麼米花後來會和加古慎二郎在一起，但那份嫉妒中又摻雜了一點慶幸——慶幸加古已經死了。而那樣的慶幸只能作為陰暗的雜質存在，他知道自己不應該有這樣的想法。

杉井一再回到十三歲時，對著塔屋米花說：「沒事，沒關係。」然而十三歲的他，並沒有資格、沒有條件對米花說這樣的話，能夠這樣說的，是四十七歲的他，有了能力和身分可以去保護十三歲的那個少女。

命運的鞭痕

米花存在的另一層意義，是以她的漂泊不定引發了別人想要保護他的衝動，那是一種很自然的感情。她是一個 femme fatale，也就是 fatal women，對於男人，甚至有時不只是男人，有著致命的吸引力，誰愛上了她誰就會倒大楣。

宮本輝喜歡在小說裡寫這種femme fatale，《優駿》裡的久美子也是一個femme fatale，而且是自覺的，帶有高度自我意識的femme fatale，隨時在操弄男人。表面上看，塔屋米花是femme fatale，一路所過之處也確實製造了許多人的許多災難，像一把無法控制的森林大火，將碰觸到的人都燒成枯木。然而宮本輝要讓米花給予讀者除此之外別的印象。

她是傳統筆法下的危險女人，進入她吸引力半徑的男人都會飛蛾撲火般靠近過去，被燒得焦黑。然而透過杉井純造，宮本輝卻要讓讀者不只是同情米花，而且產生了和面對典型femme fatale時徹底相反的情緒。不是害怕、厭惡或指責這個女人，而是想要保護她、安慰她。

更進一步，這背後要告訴我們：一個女人會成為femme fatale一定有她的經歷、她的道理，而且一定是不愉快的經歷、不愉快的道理。每一個femme fatale之所以形成，背後是一道命運的鞭痕。

杉井純造想以四十七歲的力量去面對十三歲的塔屋米花，因為他再清楚不過，在現實世界裡米花遠比他更強悍，怎麼會輪到他來保護米花？但他多麼渴望回到那個源頭之處，當還來得及時，避免米花成為這樣一個femme fatale，避免之後必須靠著一路燒灼製造那麼多災難廢墟來讓自己存活下去。

《月光之東》的第七章有三個塔屋米花的受害者，但奇妙地，他們都表現出了想要保護她的情緒。他們不是不知道米花具備多麼可怕的、無法抗拒的誘惑與破壞力量，然而被她吸引卻同時湧起保護她的衝動，為了保護她而接近她，於是被她利用、被她傷害。這樣的經驗與情感糾纏成打不開的結。

宮本輝藉由敘事者的主觀情感重新塑造了危險、致命女人的形象。這本來是很難有說服力的寫法——應該要被討厭、指責的女人形成吸引讀者的主要動能。為了達成這樣的效果，宮本輝做了許多布置，呈現出米花的能量與破壞力確切來自於一個無辜女孩陷入痛苦境遇成長的因素，達成了說服我們接受她的目的。

角色與時代文化的共感

同為戰後第五代的重要小說家，宮本輝和村上春樹有一項再鮮明不過的差異——村上春樹幾乎每一本小說都有外語譯本，宮本輝則幾乎都沒有，勉強能找到的英文翻譯只有兩本，法文也只有兩本，而且很顯然不會在英文和法文世界有多少讀者。

在這一點上，村上春樹近似且還超越了前面的安部公房和三島由紀夫，他寫出了西方人能有共感理解的一種日本現代性，既日本又現代。相對地，宮本輝卻寫出了離開日本情境、不在日本文化與歷史心理條件中的讀者就不容易體會的作品。那是從日本戰後特殊情境下產生的經驗與情感，又和川端康成筆下的日本文化結晶性質很不一樣，因而很難翻譯成西方語言得到西方讀者的共鳴。

而且他創造了一種獨特的文體，極其圓熟卻又專門為了表達那樣的日本戰後現代情感結構而形成的文體。這種文體最主要的作用，是讓讀者對小說裡出現的角色，幾乎每一個角色，都產生親近感，不只覺得認識他們，而且能和他們共感。《錦繡》裡寫信對話的靖明和亞紀讓讀者同等關心，死去的瀨尾由紀子也讓讀者強烈揪心，甚至連亞紀的父親和靖明的情人令子，我們也都能深刻理解他們的感情。

這裡面沒有疏離，沒有文學與戲劇最重要的「現代成分」，而且普遍親近性就內植於宮本輝所使用的日文中。他的小說美學信念中有一個「反現代」的核心部分，他相信如果作品讓讀者產生「這與我何干」的懷疑，就絕對不可能是成功的好作品。

他用這種語言及語言所創造出的親近性，打開了寫實的空間。在《錦繡》和後來的《月光之東》裡，都出現了丈夫看似為別的女人而死的情節，《月光之東》還更進一步仔細追索了塔屋米花所製造的種種人際災難。她十三歲的時候就對男生說：「到月光之東來找我。」多年後又在人家婚禮時打了一個電報說：「來找我。」在《約束之冬》則換成是一個十五歲的少年寫了一封信給從來沒說過話的、大他七歲的女生，跟人家約定十年後在一個會看見蜘蛛滿天飛的地方，他要向對方求婚。

這是高度戲劇化的場景，如果放到通俗劇裡會顯得多麼濫情不真實啊！關鍵就在於通俗劇會演得讓我們覺得這種「浪漫」與我們不相干，我們只是旁觀者。但宮本輝的小說卻讓我們認同角色，關切他們，覺得一定要跟著去找到塔屋米花，弄清楚自己的丈夫到底為什麼會死在遙遠的喀拉蚩。

那種私人性產生無距離的親近感，傳遞來閱讀宮本輝小說最大的樂趣與收穫。

宮本輝年表

一九四七年	出生	出生於兵庫縣神戶市，本名宮本正仁，是家中長男，父親經營汽車零件相關業務。
一九五〇年	三歲	舉家搬到父親故鄉愛媛縣。
一九五二年	五歲	移居大阪，同年進入西區九條的基督教幼稚園就讀，但半年後又退學。
一九五三年	六歲	進入大阪市曾根崎國小就讀。
一九五六年	九歲	因父親工作緣故，全家再度搬家至富山市，轉學進入八人町國小就讀。
一九五七年	十歲	再度搬回兵庫縣，轉學到尼崎市的難波國小。

一九五九年	十二歲	進入私立關西大倉中學就讀。家中陷入多重困難，雙親又經常因為父親外遇問題爭執。
一九六二年	十五歲	進入大倉高中普通科就讀。
一九六五年	十八歲	從大倉高中畢業，大學入學考試落榜成為重考生。
一九六六年	十九歲	進入大阪的追手門學院大學文學部就讀。
一九六九年	二十二歲	父親去世，留下了大筆債務，於是跟隨母親搬家。就讀大學期間經常流連忘返道頓崛一帶。
一九七〇年	二十三歲	大學畢業，並進入廣告公司工作，擔任文案企畫類工作。
一九七二年	二十五歲	與大山妙子結婚。結婚前一年生病，當時被醫生診斷為神經不安症（現稱恐慌症）。
一九七四年	二十七歲	長子誕生。開始進行業餘的小說創作。
一九七五年	二十八歲	因健康因素，從廣告公司辭職，此後開始專心撰寫小說。同年次男誕生。

一九七六年	二十九歲	重新回到職場工作，但兩個月後便辭職。同年開始創作短篇小說〈泥河〉處女作。
一九七七年	三十歲	〈泥河〉於《文藝展望》刊出，並以本作獲得太宰治獎。
一九七八年	三十一歲	出版《螢川》一書，收錄得獎作〈泥河〉，標題作〈螢川〉亦於該年獲得芥川獎，奠定其作家地位。同年開始連載《幻之光》。
一九七九年	三十二歲	出版《幻之光》，同年因肺結核住院。
一九八〇年	三十三歲	出版《二十歲的火影》散文集。
一九八一年	三十四歲	出版《道頓堀川》，與〈泥河〉、〈螢川〉成為他著名的「河川三部曲」。同年〈泥河〉改編成電影。
一九八二年	三十五歲	出版《錦繡》、《藍色擴散》（青が散る）等小說，並開始連載長篇小說《流轉之海》，同年〈道頓堀川〉改編成電影、電視劇。
一九八四年	三十七歲	出版長篇連作小說《流轉之海》系列第一作。
一九八五年	三十八歲	出版《避暑地的貓》、《多瑙河的旅人》。

一九八六年	三十九歲	出版《優駿》、《夢見街》、《葡萄與鄉愁》等，同年《泥河》推出簡體中文版。
一九八七年	四十歲	以《優駿》獲得吉川英治文學獎。同年出版小說《五千回的生死》、小說《螢川》改編成電影。
一九八八年	四十一歲	出版小說《花絮飄落的午後》，同年小說《優駿》改編成電影，《避暑地的貓》改編成電視劇。
一九八九年	四十二歲	《夢見街》改編成電影，《花絮飄落的午後》、《多瑙河的旅人》改編電視劇。
一九九〇年	四十三歲	《流轉之海》改編成電影。
一九九二年	四十五歲	出版「流轉之海」系列第二部《地上之星》、《彗星物語》，《彗星物語》分別於一九九四年、二〇〇七年二度改編成電視劇。
一九九五年	四十八歲	出版《我們喜歡的事》（私たちが好きだったこと），《幻之光》改編成電影，由是枝裕和執導。

一九九六年	四十九歲	出版「流轉之海」系列第三部《血脈之火》、《胸之香味》，同年開始擔任芥川賞評審委員直至二〇二〇年卸下職務。
一九九七年	五十歲	《我們喜歡的事》改編成電影。
一九九八年	五十一歲	出版《月光之東》。
一九九九年	五十二歲	出版《草原上的椅子》。
二〇〇二年	五十五歲	出版「流轉之海」系列第四部《天河夜曲》。
二〇〇三年	五十六歲	出版《約定之冬》。
二〇〇四年	五十七歲	以《約定之冬》獲得文科大臣獎藝術選獎。
二〇〇七年	六十歲	出版「流轉之海」系列第五部《花之迴廊》，同年出版《錦繡》英語版。
二〇〇九年	六十二歲	出版《骸骨樓的庭院》（骸骨ビルの庭）。
二〇一〇年	六十三歲	以《骸骨樓的庭院》獲得司馬遼太郎賞，並於秋季獲頒紫綬褒章。同年出版《三千枚金幣》。

二〇一一年	六十四歲	出版「流轉之海」系列第六部《慈雨之音》，同年出版《幻之光》英語版。
二〇一三年	六十六歲	《草原上的椅子》改編成電影，由成島出執導。
二〇一四年	六十七歲	出版「流轉之海」系列第七部《滿月之道》。
二〇一五年	六十八歲	出版《從田園出發，騎往港邊的自行車》。
二〇一六年	六十九歲	出版「流轉之海」系列第八部《長流之畔》。
二〇一八年	七十一歲	出版「流轉之海」系列第九部《原野之春》，為該系列最終作。
二〇一九年	七十二歲	以《流轉之海》獲得每日藝術獎。
二〇二〇年	七十三歲	獲頒旭日小綬章。

GREAT! 7211

最親近的陌生人：楊照談宮本輝

日本文學名家十講9

作　　者　楊　照
封面設計　莊謹銘
協力編輯　陳亭妤
責任編輯　徐　凡

國際版權　吳玲緯
行　　銷　闕志勳　吳宇軒　陳欣岑
業　　務　李再星　陳紫晴　陳美燕　葉晉源
總 編 輯　巫維珍

編輯總監　劉麗真
發 行 人　凃玉雲
出　　版　麥田出版
地址：10483台北市中山區民生東路二段141號5樓
電話：(02)2500-7696
傳真：(02)2500-1967
發　　行　英屬蓋曼群島商家庭傳媒股份有限公司城邦分公司
地址：10483台北市中山區民生東路二段141號11樓
網址：www.cite.com.tw
客服專線：(02)2500-7718｜2500-7719
24小時傳真專線：(02)-2500-1990｜2500-1991
服務時間：週一至週五09:30-12:00｜13:30-17:00
劃撥帳號：19863813 戶名：書虫股份有限公司
讀者服務信箱：service@readingclub.com.tw
香港發行所　城邦（香港）出版集團有限公司
地址：香港灣仔駱克道193號東超商業中心1樓
電話：+852-2508-6231
傳真：+852-2578-9337
馬新發行所　城邦（馬新）出版集團【Cite(M) Sdn. Bhd.】
地址：41-3, Jalan Radin Anum, Bandar Baru Sri Petaling, 57000 Kuala Lumpur, Malaysia.
電話：+603-9056-3833
傳真：+603-9057-6622
讀者服務信箱：services@cite.my
麥田部落格　http://ryefield.pixnet.net
印　　刷　前進彩藝有限公司
初　　版　2023年2月
售　　價　380元
I S B N　978-626-310-354-2
電 子 書　978-626-310-376-4 (epub)

國家圖書館出版品預行編目(CIP)資料

最親近的陌生人：楊照談宮本輝（日本文學名家十講9）／楊照著 -- 初版. -- 臺北市：麥田出版：家庭傳媒城邦分公司發行, 2023.2
面；　公分. --（(Great! ; RC7211）
ISBN 978-626-310-354-2（平裝）
1.CST: 宮本輝　2.CST: 傳記　3.CST: 日本文學
4.CST: 文學評論
861.57　　111017893

城邦讀書花園
www.cite.com.tw

Printed in Taiwan.
本書若有缺頁、破損、裝訂錯誤，請寄回更換。